기억이 풍기는 봄밤

수유리에서 매사추세츠까지

기억이 풍기는 봄밤

수유리에서 매사추세츠까지

초판 인쇄 · 2016년 6월 8일
초판 발행 · 2016년 6월 15일

지은이 · 유희주
펴낸이 · 한봉숙
펴낸곳 · 푸른사상사

주간 · 맹문재 | 편집 · 지순이, 김선도 | 교정 · 김수란
등록 · 1999년 7월 8일 제2-2876호
주소 · 경기도 파주시 회동길 337-16 푸른사상사
서울시 중구 을지로 148 중앙데코플라자 803호
대표전화 · 031) 955-9111~2 | 팩시밀리 · 031) 955-9114
이메일 · prun21c@hanmail.net
홈페이지 · http://www.prun21c.com

ISBN 979-11-308-0736-2 03810
값 16,500원

이 도서의 국립중앙도서관 출판예정도서목록(CIP)은 서지정보유통지원시스템 홈페이지(http://seoji.nl.go.kr)와 국가자료공동목록시스템(http://www.nl.go.kr/kolisnet)에서 이용하실 수 있습니다.(CIP제어번호: CIP2016013563)

푸른사상 산문선 15

기억이 풍기는 봄밤

수유리에서 매사추세츠까지

유희주 산문집

들어가며

모든 시간이 살아나면 좋겠습니다. 추억과 다가올 미래가 지금의 나를 위해 몰려옵니다. 내가 불렀습니다. 사방으로 흩어진 시간을 불러 모아 서로 얽어 가장 좋은 감정의 자리를 찾아 앉혀야 합니다. 들판에 놓인 넓적한 바위쯤이 좋겠습니다. 볕에 적당히 달구어진 따뜻한 곳에 누워 우선 기억들을 불러내 봅니다. 무채색 풍경들이 수유리에서 일어나 매사추세츠로 건너옵니다. 미래의 불확실한 시간들도 불러내 봅니다. 동서남북에서 각국의 언어를 겅중겅중 건너뛰며 내게로 옵니다.

기억 속 시간과 알 수 없는 미래의 시간이 모여 나를 위해 의논하는 의식이 된 책입니다. 이 의식에 쓰인 문체는 날것이 많습니다. 솔직하게 썼고 쉽게 읽혀지도록 썼습니다. 책을 읽는 독자들은 내가 했던 것처럼 추억과 미래를 자연스럽게 얼기설기 엮어보게 될 것입니다. 한참 기억 속을 더듬다가 현재로 돌아오면 포물선을 그리며 낙하하는 감정을 맞대면하게 될지도 모릅니다. 아스라한 봄밤 같은 기억들이란 약간의 우울을 동반합니다. 돌아갈 수 없는 시간이 주는 형상 없는 감정 때문이기도 하지만 많은 실수와 잃어버린 인연들로 인해 자신의 생에서 소실된 시간에 대한 회한 때문일 것입니다.

그 뒤, 현재의 나와 미래의 내가 어떻게 살고, 어떤 모습이 될 것인가 하는 풍경이 보이면 좋겠습니다. 살고 있는 매 순간 정성스럽게 연애하듯 살아내시기 바랍니다. 삶이라는 전시회에 걸릴 그림을 그리는 시간으로 살아내면 좋겠습니다.

먼 하늘의 무수한 별들을 바라보는 밤, 지구의 반을 돌면 거기 어디쯤에서 당신은 내 숨소리를 데리고 간 바람과 대화하고 있을 것입니다. 이 글을 읽고 있는 모든 분들을 사랑합니다. 함께 땅을 밟고 있는 도반으로서 책을 통해 어깨를 걸어봅니다.

잘살아냅시다.

차례

제1부

엄마의 종이새

제2부

성장통

제3부

5월 축제

제3부

매사추세츠 한국 도서관

제1부

엄마의 종이새

세계는 입체적 도서관처럼 수많은 사랑과 결혼이 곳곳에서 이루어지지만 이면에 감추어진 도저히 설명할 수 없는 사연들은 우리가 알 수 없는 채로 묻히는 경우가 많습니다. 보이는 것과 감춰진 것의 차이란 사실 아무것도 아니지요. 사실 아버지도 엄마도 전쟁 중에 살아남기 위해 서로를 택할 수밖에 없었던 생존을 위한 전략으로 보면 그 또한 그런 것이 되니까요. 그레이스와 레이니에가 서로에 대한 마음을 늘 뒷전에 두어야만 하는 위치에 있었고 우여곡절 끝에 그 상황을 극복할 수 있었던 입지가 되었을 즈음 사고가 있었는지도 모릅니다.

첫 번째 이야기

엄마의 종이새

엄마가 종이새를 접으면서 이야기했습니다.

"전쟁이 터지고 국군과 인민군이 서로 접전 지역을 밀고 당기던 시절에 외할아버지는 춘천이 위험해지자 강원도의 문익골로 피난을 했단다. 피난을 하는 도중에 처녀인 딸이 있다는 것이 부담이 되었지. 처녀 딸년을 피난길에서라도 시집을 보내야겠다고 마음먹고 신랑감을 찾았대. 처녀라면 어느 쪽의 군인이라도 널름거리기 일쑤여서 피난을 떠나는 처지였지만 신랑감을 구할 수밖에 없었겠지. 토막집 아들? 내가 들은 바로는 토막집 아들한테서 중신이 들어왔는데 난 불만 때고 사는 사람은 그냥 맘이 가지 않아서 시큰둥했어. 아마도 숯을 만드는 실속 있는 사람이었지 싶다. 그런데 난 싫었어."

엄마는 종이새를 열댓 개째 접고 계셨습니다. 엄마의 처음이자 마지막 사랑 이야기 배경이 전쟁이라니 이건 완전히 한국 드라마 중 불후의 명작 〈여명의 눈동자〉에 버금가는 이야기를 하고 계신 것입니다. 나는 귀를 세우고 종이접기와 함께 시작된 이야기를 들으며 엄마의 얼굴을 살폈습니다. 엄마의 얼굴은 주름이 많아서 표정이 없는 듯, 있는 듯 움직임이 없었습니다. 목소리는 담담한 듯, 꿈꾸는 듯, 가끔 손에 종이학을 쥐고는 숨을 몰아쉬기도 하고 천천히 쉬기도 하는 것이었습니다.

인민군이 후퇴하면서 아버지의 고향 방하리에는 피바람이 불었습니다. 방하리는 청년단을 조직하여 인민군을 상대로 게릴라 작전을 펴는 청년대장이 살던 마을이었는데 인민군이 후퇴하면서 그 사실을 알았다고 합니다. 인민군은 마을 사람들을 불러 모아놓고 청년대장과 청년들이 있는 곳을 알아내려고 했지만 누가 아들 있는 곳과 남편 있는 곳을 이실직고하여 명을 이어갈 수 있었겠는지요. 그들은 모두 한 웅덩이에서 죽었습니다. 마을 주민 수십 명이 그 이유로 함께 죽었습니다. 지금 그 마을의 어귀에는 그날을 기억하여 그들을 애도하는 '방하리 6 · 25 반공피학살 반공위령탑'이 세워져 있습니다. 산에 스며든 사내들은 배가 고픈데 밥을 나르던 어머니나 아내가 오지 않아 산을 내려와 보니 인민군은 후퇴하였고 모든 가족들은 몰살당한 후였던 것입니다. 피난을 하던 중 스무 살 어머니는 숯을 굽는 이보다 전쟁 중 모든 가족을 잃고 거의 정신이 나가 있던 청년대장에게 마음이 더 갔다고 합니다. 청년대장의 친구가 삶의 의욕을 잃고 귀신처럼 살고 있는 친구를 위해 신랑을 구하고 있는 외할아버지에게 소식을 전했던 것입니다. 외할아버지는 아들은 죽기 살기로 교육을 시켜도 딸은 남의 집 식구가 될 사람이니 교육을 시키지 않는 분이셨으나 아무리 전쟁 중이라도 그런 혼처를 딸에게 정해줄 리 없었겠지요. 그 혼처를 자청한 것은 어머니였음이 분명합니다. 아버지에게 연민과 사랑을 느낀 어머니는 아버지에게 시집을 가겠다고 고집했던 것입니다. 얼굴도 보지 못한 남자를 남편이라고 의지하며 피난길을 따라나서는 엄마의 심정이 어떠했을지 짐작이 갑니다. 너무 힘들어서 온 입이 부르트고 헐어 있는 엄마를 향해 아버지는 "당신도 참 대단하군. 나를 따라 이 고생을 하다니……." 그 말 한마디를 엄마는 아직도 기억한다고 합니다. 그 말을 곧 엄마를 안중에 두고 있다는 마음의 표시로 알고 입 꾹 다물고 피난길을 따라나선 것입니다. 전쟁 중에 딸을 상처투성이인 남자에게 내어준 외할아버지는 한결 홀가분해지셨을까요? 어머니는 외할아버지를 따라 피난을 가다 이제는 얼굴도 모르는 남자를 따라 피난을 떠났던 것입니다. 떠나기 전에 물 한 그릇 떠놓고 혼례를 올렸으나 얼굴을 못 봐서 어떻게 생겼는지도 몰랐다고 합니다. 소금만으로 반찬을 하던 여러 날 도저히 소금만 먹을 수 없어서 인가에 들러 간장 한 종지를 얻어 꿀맛 같은 별식을 했다고 합니다. 그날 처음으로 외할아버지의 그늘에서 벗어나 아직 변변히 남자가 되어주지 못한 남편을 대신하여 간장을 얻었던 것입니다. 그 일은 엄마가 생활고를 해결하는 첫 번째 발자국이 되었던 것입니다. 엄마는 단 한 번 불쌍한 남자에게 마음이 끌려 혼인을 한 것 이외에는 감성적으로 세상을 바라보지 않으셨던 분입니다. 그게 엄마의 타고난 성격인지 상처뿐인 남자와 살며 만들어진 성격인지 알 수는 없으나 엄마는 의심의 여지 없이 단호하게 실용적인 삶을 사신 분입니다. 혼례 후 엄마는 잠시 충청도로 따로 피난을 가야 했습니다. 그러나 방하리에 남편이 있으니 그곳으로 다시 가겠다고 우겼고 발길을 돌려 방하리로 향했습니다. 충청도에서 방하리로 가며 눈길을 걷고 걷다가 흠씬 젖은 버선이 거추장스러워 벗어버리고는 맨발로 고무신을 신고 방하리까지 걸었다 합니다. 얼굴만 대충 아는 그 남자에게 마음이 끌려서 그 남자를 찾아 그 험한 길을 나선 것을 보면 운명이란 것이 있기는 있는 모양입니다. 전쟁이 완전히 끝나지도 않아 큰딸을 낳았고 2년 터울로 여섯의 자식을 보셨습니다. 그러나 아버지는 마흔넷의 청청한 나이로 가셨습니다. 그 비극적인 역사를 가슴에 묻고 오래 살기에는 너무 힘겨웠던 것이지요. 난 어려서 아버지를 잃었지만 그 눈빛만큼은 기억합니다. 쓸쓸함과 애틋함이 담겨 있던 형형한 그 눈빛을 말입니다. 엄마는 한 남자와의 약속을 묵묵히 평생 지키셨습니다. 아이들을 무사히 키우는 것이 무언의 약속이었겠지요.

1950년대에는 세기의 사랑이라고 세계적 관심을 일으킨 결혼이 있었습니다. 미국의 영화배우 그레이스 켈리와 모나코의 왕자 레이니에의 결혼입니다. 한 편의 동화처럼 아름다운 결혼이라고만 기억하는 사람이 많을 것이지만 그 결혼은 정략적인 결혼이었지요. 모나코의 관광산업을 발전시키려고 지나 롤로브리지다와 마릴린 먼로를 집적대다가 자신의 목적과 가장 잘 맞는 그레이스로 낙점한 결혼입니다. 결혼 뒤 그레이스가 관광산업에 별 영향을 못 미치자 아내의 영화를 모나코에서는 상영하지 못하도록 하는 저열한 짓도 서슴지 않았습니다. 그레이스는 프랑스가 모나코를 합병하려는 모략에 휩쓸려 모나코를 아주 어렵게 만들기도 했습니다. 52세의 나이였던 그레이스는 자동차 충돌 사고로 세기의 사랑이라고 포장된 삶을 접었습니다.

겉보기에 화려한 사랑과 결혼 그리고 애증의 역사가 바다 건너에서 이루어지고 있을 때 엄마는 아버지의 죽음으로 일찍 헤어졌지만 눈도 마주치지 못하고 한 결혼의 신의를 끝까지 지키며 이생의 인연에 대한 책임과 의무를 묵묵히 수행 중에 있었습니다. 세계는 입체적 도서관처럼 수많은 사랑과 결혼이 곳곳에서 이루어지지만 이면에 감추어진 도저히 설명할 수 없는 사연들은 우리가 알 수 없는 채로 묻히는 경우가 많습니다. 보이는 것과 감춰진 것의 차이란 사실 아무것도 아니지요. 사실 아버지도 엄마도 전쟁 중에 살아남기 위해 서로를 택할 수밖에 없었던 생존을 위한 전략으로 보면 그 또한 그런 것이 되니까요. 그레이스와 레이니에가 서로에 대한 마음을 늘 뒷전에 두어야만 하는 위치에 있었고 우여곡절 끝에 그 상황을 극복할 수 있었던 입지가 되었을 즈음 사고가 있었는지도 모릅니다. 사랑에 대한 순수한 마음은 영원히 묻힌 채로 정략적인 부분만 우리에게 알려진 억울한 사람들일지도 모릅니다.

드러난 마음과 드러나지 않은 마음은 사실 언제나 같은 편이라는 것을 자각하는 데는 꼭 뒤늦은 후회가 동반됩니다. 굳이 감추려고 한 이유들이 다 아무것도 아닌 것이 된 시점에나 인정하게 됩니다. 객관성은 특별한 것들의 희생을 먹고 그 자리를 확보합니다. 그 시대가 만들어낸 도덕성은 객관성과 한 형제고요. 엄마가 회한에 젖어 아버지와 결혼했던 한 시대의 풍경을 묘사하며 담담히 나에게 말할 때 엄마의 손에서 접힌 수많은 종이새들이 소복하게 쌓입니다. 수십 년 동안 감내해야 했던 고통의 시간들도 곱게 접혀서 나왔으면 좋겠습니다. 엄마에게도 감추고 싶은 마음이 있었을까요. 없었다면 사람이 아니지요. 내가 본 엄마의 생은 그 시대가 요구하는 대로 숨 막히게 올곧은 생이었습니다. 객관성이나 도덕성에서 도망가고 싶은 마음이 전혀 없었다면 나같이 복잡하기만 한 딸년을 낳을 수 없었을 것입니다.

모든 추측은 자신의 잣대에서 비롯됩니다. 이렇듯 나의 잣대는 엄마를 향해 방자합니다만 그 방자함을 빌려 숨 막히게 올곧은 엄마의 생에 살짝 바람구멍을 내고 내 삶에도 바람 한 줄기를 넣어보려는 것입니다. 이제 잘 걷지도 못하는 엄마의 모든 삶, 모성과 책임이라는 단 하나의 모습으로 살아내신 엄마를 나는 좀 건들거리며 바라보고 싶습니다. 나도 엄마와 비슷한 모습으로 하루의 삶을 살아갈 수밖에 없는 유전인자를 가졌으니까요. 이렇듯 끝까지 자식은 엄마를 식량으로 삼고 걸음을 놓습니다. 나 엄마보다는 좀 자유로울 수 있을까요?

두 번째 이야기

아버지의 민주주의

초등학교 2학년 때 돌아가신 아버지는 돌아가시기 직전까지 나를 무릎에서 내려놓지를 않으셨습니다. 나는 아침에 일어나면 빼대빼대 하며 기지개를 시켜주실 때까지 꼼짝 않고 죽은 벌레 시늉을 했습니다. 아버지는 그 시대의 아버지들처럼 그닥 다정다감하지는 않으셨으나 우리 형제들에게 남은 아버지에 대한 기억은 강렬하기 그지없습니다. 내가 입병이 났을 때에는 별다른 약이 없으니 소금으로 입 주위를 문지르고 죽는다고 소리치는 나를 꽉 붙들어 안고는 당신의 입으로 입병 주위를 쭉 빨아내셨습니다. 비타민이 부족하여 생긴 입병을 당신의 민간요법으로 고치시려 한 것입니다. 다음 날이면 감쪽같이 꾸덕꾸덕 입병이 나아 있었습니다. 형제들이 모이면 하는 이야기 중에 병아리 사건이 있습니다. 난 너무 어려 기억에 없지만 동화처럼 그 이야기는 내내 우리 형제들이 모이면 하는 이야기입니다. 아버지가 경찰하던 시절에 길거리에서 삐약거리며 돌아다니던 병아리 한 마리를 주워 오셨습니다. 메조를 먹여야 하는데 차조를 먹였습니다. 차조가 뱃속에서 퉁퉁 불으며 병아리의 모이 주머니가 말갛게 투명해지도록 늘어난 것입니다. 뱃속의 차조가 다 보이도록 부푼 배를 가족들이 아슬아슬한 시선으로 바라보다 아버지는 결단을 내렸습니다. 수술을 하자! 칼로 배를 째고 차조를 일부 꺼내고 배를 꿰매는 거사를 자식들이 다 내려다보는 중에 감행하신 것입니다. 병아리는 죽었습니다. 하지만 아버지가 병아리를 구하려고 내내 애쓰고 세밀하게 아이들과 교감했던 그날의 기억은 자식들에게는 감정의 동질감을 감히 아버지에게 느낌으로써 아주 그럴듯한 추억으로 남았던 것입니다.

전쟁의 상처를 잊고 사는 남쪽의 사람들이 빈곤한 가운데서도 고만고만한 행복을 키워나가던 그즈음 1965년도에 북한의 대기근이 있었습니다. 1960년대 초, 중국의 농업정책 실패로 인한 대기근 때문에 만주 지역 조선족 3만 명이 북한으로 피난하면서 북한은 아사의 지역이 되어갔습니다. 남쪽도 어렵기는 마찬가지였으나 북한으로의 식량 지원이 시작된 해이기도 합니다. 남쪽은 1964년도에 경제정책 무게중심을 '수출'로 옮기고 새마을운동이 시작되어 초고속적인 경제성장을 시작하기도 했습니다.

아버지와의 추억이 남겨지기 시작한 그 시점의 역사적 사건들은 아직도 끝나지 않고 지속되고 있습니다. 경제성장을 이룩했던 대통령의 딸이 다시 대통령이 된 것입니다. 사람들은 그 어려운 경제를 일으킨 대통령이었으니 그 딸도 지금의 어려운 상황을 잘 극복할 수 있으리라는 판단을 한 모양입니다. 경제적인 성장 뒤로 국민들이 어떤 대가를 치렀는지 조금도 생각하지 않고 말입니다. 만약 그러한 대가를 지금 자신의 자식들이 치러야 한다면 아마도 비명으로 간 대통령 딸을 다시 대통령으로 세우는 일에 좀 더 신중했겠지요. 그 딸은 젊은이들이 아버지 시대에 독일과 월남으로 목숨 걸고 나갔듯이 경제 발전을 위해 서민들의 희생을 요구합니다. 희생의 대가는 누가 받을까요? 몇몇의 권력층은 기득권을 유지하기 위해 대한민국의 상식을 바꾸는 중입니다. 세상은 변했는데 아무런 서민적 경험이 없는 대통령의 딸은 이 시대의 위기를 극복하지 못해서 국민들을 벼랑에 세워두고 국민들의 희생만을 강요하고 있습니다. 남쪽은 변화와 퇴보를 반복하고 북한의 기근은 계속되고 있습니다. 조선족이 북한으로 스며들었던 과거와 달리 북한 주민의 목숨을 건 탈출이 이어지고 있다는 것만 조금 다릅니다. 굵직굵직한 역사적 사건이 연결되는 그 사이사이에 사람들의 아름다운 추억들이 속속들이 채워져서 사람들은 그런대로 그 추억에 의지해서 살고 있지만 남쪽이나 북쪽이나 아무것도 변한 것이 없는 근대사입니다. 그 추억들을 다 빼먹었을 때쯤이면 아직도 진행 중인 굵직한 역사적 사건들 중 몇 가지 정도는 종식되었으면 좋겠습니다.

지금도 많은 아버지들은 사소한 소통으로 자식들을 행복하게 하고 있겠지요. 사소한 소통을 추억으로 갖고 있는 이들은 권력과 명예와 자본보다 늘 사람이 먼저인 삶을 살게 될 것입니다. 이 땅의 아버지들은 자식들과 나누는 사소한 소통으로 민주주의를 실천하게 되길 바랍니다. 사소한 것이 세상을 바꾸는 꿈을 아직 꾸어도 된다는 말을 듣고 싶은 2016년입니다. 4월에 내린 흰 눈이 꽃대를 덮었습니다만 오늘 낮에 보니 식물의 열기로 동그랗게 녹아 있었습니다. 내일은 좀 더 큰 원을 그리며 뿌리와 꽃대궁이 기지개를 켤 것입니다.

세 번째 이야기

자연스러운 사회

1965년에 처음으로 피임약이 개발되었습니다. 그 이전에는 무조건 생기는 대로 낳았습니다. 그 어려운 시기에 자식을 많이 낳은 부모들은 자식을 일찍 잃어버리는 일이 빈번했습니다. 노인들을 만나 이야기를 나누다 보면 "내가 아홉을 낳았는데 셋만 건졌어" 이런 말을 종종 듣습니다. 우리 아버지 어머니도 열심히 사랑을 하셨기 때문에 2년 터울로 줄줄이 낳으셨습니다. 만약 피임약이 1963년 이전에 개발되어 우리 엄마가 손에 넣을 수 있었다면 난 이 세상 사람이 아닐 것입니다. 엄마는 나를 떼어내기 위하여 미군 부대에서 얻은 아주 독한 약을 드시기도 했고 개울에서 올챙이도 잡아 드신 분입니다. 3개월이면 세 마리,

4개월이면 네 마리를 통째로 삼키면 아이가 떨어진다는 어디서 얼토당토않은 이야기를 듣고는 즉각 실행에 옮기셨다고 합니다. 그 결과, 단백질을 섭취한 꽤 바람직한 아기로 난 태어났던 것입니다. 엄마는 독한 약이 염려가 되었으나 난 끝내 무탈하게 손가락, 발가락 다섯 개씩 다 갖고 태어났습니다. 넷째로 겨우 아들을 보셨으니 이젠 그만 낳고 싶으셨으나 그게 맘대로 잘 안 되어서 다섯째로 언니 하나를 더 낳고 또 맘대로 안 되어서 나까지 보셨습니다. 그게 두 양반의 잘못이지 내 잘못은 아닌데 내가 뱃속에서부터 벌을 받은 것입니다. 우리 두 자매가 아들이었다면 이야기는 달라졌겠으나 우리 둘은 좀 밉상이었습니다. 언니는 덤으로 나왔다고 해서 '듬년'이란 소리까지 들었습니다. 나도 덤으로 나왔지만 그나마 막내가 되어 밉상은 면했으나 막내의 특권은 없었습니다. 엄마가 나를 낳고 확 윗목에 밀어놓았다고 합니다. 들러붙는 남편을 밀어 제칠 일이지 나를 밀어제쳐놓다니요. 아버지가 들어와 윗목에 있는 나를 끌어안고 "요것이 오공주 중에 막내야"라며 엄마 옆에 뉘자 그제야 뭔 죄를 용서받은 듯 나를 안으셨으니 우리가 보는 사극에 나오는, 대감마님의 처분에 따라 여자들의 감정이 좌지우지되는 시대의 끄트머리쯤이 그 시절이었던 모양입니다. 그 시절은 다 그렇게 사람 사는 일이 어쩔 수 없었던 시대였습니다. 엄마는 지금도 내가 아무리 어려운 일이 있어도 찍소리 안 하고 그것을 극복해내면 "에구, 저 독한 것이 독한 기운으로 버티지"라고 말씀하십니다.

피임약이 개발되고 산아제한 정책이 시작되어 "딸 아들 구별 말고 둘만 낳아 잘 기르자"라는 정책의 공익광고가 공영방송에서 방송되기도 했습니다. 1960년대부터 1980년대까지 이어진 산아제한 정책의 캐치프레이즈는 노골적이고 직접적으로 들이대는 문구가 많았습니다.

1960년대에는

— 많이 낳아 고생 말고 적게 낳아 잘 키우자.

— 덮어놓고 낳다 보면 거지꼴을 못 면한다.

— 3명의 자녀를 3년 터울로 35세 이전에 단산하자

라고 외쳤습니다

1970년대에는 자녀의 수가 평균 네 명으로 줄자 좀 완곡한 표현이 나왔습니다.

— 딸 아들 구별 말고 둘만 낳아 잘 기르자

— 내 힘으로 피임하여 자랑스러운 부모 되자

— 하루 앞선 가족계획, 십 년 앞선 생활안정

1980년대 들어 산아제한이 자리를 잡자 이젠 좀 애교스럽기까지 한 표현으로 광고했습니다.

— 적게 낳아 엄마 건강 잘 키워서 아기 건강

— 잘 키운 딸 하나 열 아들 안 부럽다

— 신혼부부 첫 약속은 웃으면서 가족계획

그러나 정부의 산아제한 정책으로 인해 1990년대 들어서면서 인구 비율이 엉망이 되었습니다. 1980년대부터 완급 조절을 했었어야 했는데 그러지 못한 정부는 남녀 성비 균형이 맞지 않자 하나는 외롭다는 둥, 제일 좋은 선물은 동생이라는 둥 이전의 광고가 무색한 표현을 급하게 쓰기 시작했습니다.

산아제한과 인구 증가를 위한 문화는 사회의 문제로 대두되었다가 역사 저편으로 멀리멀리 흘러갔습니다. 현재는 인구 조율의 문제가 아니라 인류의 존립을 위해 유지되었던 성 문화와 결혼 문화의 변화를 요구합니다. 청년들의 실업률로 결혼 문화가 급격히 무너지기 시작하였고 거기에 발맞춰 성 구분 또한 남자와 여자로만 분류하던 시대에서 성소수자를 그 옆에 나란히 함께 놓아야 하는 시대가 된 것입니다. 결혼은 생물학적 종족 보존을 위해 파생된 문화와 사회체제를 유지하기 위한 문화가 결합되어 오랜 시간 그 제도가 유지되어왔지만 이제는 다양한 인격을 존중하여 그 어떤 형태의 결혼이든 존중되어야 한다는 패러다임으로 급격히 바뀌고 있습니다. 앞으로는 이러한 문화가 당연한 것으로 받아들여지는 시대를 살게 될 것입니다. 예전의 어른들처럼 마음대로 낳아보는 시절은 경제, 문화, 사회적인 이유로 이제 깜깜하게 사라진 것입니다. 경제적으로 아이를 키울 수 있는 사람들은 입양을 하거나 우성인자를 선택하여 아이를 낳게 될지도 모릅니다. 입양이 보편화되겠지요. 종족 보존이 아니라 자신의 삶을 만족시키기 위한 생명 양육 시대가 오겠지요. 이런 사회 변화에 놀라 인류사를 걱정했더니 어떤 분이 '웬 인류사까지?' 라며 비웃었습니다. 개인의 희생을 막기 위해 현재까지 유지되어왔던 사회의 구성원들을 비상식적인 사람으로 공격하는 것은 동성애자들을 위해서도 좋은 방법이 아닌 것 같습니다. 법, 종교, 문화에서 현재의 정서와 제도를 유지하기 위한 목소리를 내기 힘들어지면서 마음속으로는 더욱 동성애자를 혐오하게 되는 것은 아닐까요? 동성 결혼의 합법은 자본주의를 유지하기 위한 수단으로 사용되는 것이고요. 한국에서는 이러한 문제가 아직 개봉 전에 예고편만 무성한 영화처럼 구체적 부작용을 잘 못 느끼실 것입니다. 내가 사는 매사추세츠는 동성 결혼이 제일 먼저 합법화된 지역입니다. 동성애자들을 성적 취향이 다른 사람으로 존중하는 교육보다는 법적으로 평등하다는 강요를 먼저 받은 것입니다. 이제는 미국 전역이 동성 결혼을 합법화했습니다. 기본적인 인류애를 가르치지 않은 상태에서 법적으로 동등한 권리는 사실 무용지물입니다. 그들을 이해하는 마음은 여전히 빈약합니다. 어둠에 갇혀 있는 것도 마찬가지입니다. 며칠 전에도 한 대학생이 동성애자임을 비관하여 자살을 했습니다. 법으로 강요하기 이전에 그들이 양지에 나와 살 수 있도록 의식의 변화를 이끄는 교육이 먼저 선행되어야 할 것입니다. 정상과 비정상의 문제가 아니라 인간 존중의 문제와 사회구조의 지향점을 구분해서 생각하는 것은 어떨까요? 이제 인구 비율은 어떤 인위적인 힘에 의해서 맞춰질지도 모릅니다. 공익광고의 변천사가 좀 더 오래오래 지속되었으면 좋겠습니다만 그리 오래갈 것 같지는 않습니다. 한 편의 영화처럼 한 세대가 저물어가고 불을 밝히는 다음 세대는 존재의 다양성이 무성할 것입니다. 그때 다양성에 묻혀 더 많은 사람이 속해 있는 사회 공동체가 침몰하는 일은 없겠지요?

네 번째 이야기

춤을 추자

아버지는 내가 노래하는 것을 좋아하셨습니다. 내가 세 살 때 어디서 배웠는지는 모르겠으나 노래 하나를 배워 동네 순회공연을 하듯 아주 앙증맞고 깜찍하게 춤을 추며 불렀습니다. 그 노래를 난 아직도 기억합니다. 친인척이 오면 아버지는 "희주야아" 하고 부르셨고 난 자동으로 척 하고 윗목에 서서 공연을 시작하곤 했습니다.

"노아 할아버지 배를 젓는다. 높은 산꼭대기에서 배를 젓는다. 앞집에 김 첨지 뒷집에 박 첨지 모두가 외면하여도 높은 산꼭대기에서 배를 젓는다."

난 다 크도록 노아가 누군지 몰랐습니다. 교회를 처음 나갔던 열네 살이 되고서야 노아 할아버지의 정체를 알게 된 것입니다.

1960년대와 1970년대를 거쳐 한국 교회는 폭발적인 성장을 했습니다. 언니들 중 누군가가 나를 데리고 교회를 갔었다면 배울 수도 있을 법한 노래지만 난 교회에서 배우지 않고 흘러 다니는 노래를 누군가에게 배운 듯했습니다. 나도 모르는 노아 할아버지를 붙들고 선교를 시작한 것이라 할 수 있겠습니다. 우리 집을 비롯하여 친인척들 중 교회를 다니는 이가 없었던 때였습니다. 열네 살에 처음 교회에 나갔으나 교회의 상날라리였고 불과 몇 년 전에서야 내가 하나님을 내 삶에 어떻게 개입시켜야 하는지를 서서히 알아가기 시작했습니다. 아직도 내 인간적인 속성과 하나님의 섭리 사이에서 갈팡질팡하는 매우 인간적인 사람입니다.

나의 가무 실력은 그때부터 시작하여 김추자와 펄 시스터즈를 섭렵하기에 이르렀습니다. 그 당시 내가 주로 불렀던 노래는 김추자의 〈거짓말이야〉, 〈월남에서 돌아온 김상사〉 그리고 펄 시스터즈의 〈싫어〉 〈커피 한잔〉 등이 있었습니다. 물론 공연 횟수도 많아 졌고 연습도 늘려야 했는데 우리 집에는 TV가 없어 다른 집에서 본 노래와 춤을 연습했습니다. 그때마다 엄마의 보자기와 월남치마로 코디를 한 후 연습에 임했습니다. 중학교 때 체육대회 응원단장을 했던 나는 하루 종일 서서 화려한 털을 흔들어대며 춤을 추었습니다. 이젠 나이가 들어서 흥만 있지 폼은 절대로 나지 않습니다. 알지도 못하던 노아 할아버지란 노래로부터 시작된 신앙의 역사는 지금도 진행 중이고 앞으로도 계속될 것입니다. 이제는 엇나갈 염려는 없는 듯합니다. 내 젊은 날은 방황을 아주 멋지게 미친 듯 했었지만 노아 할아버지가 배의 노를 잘 잡고 계셨듯이 나도 잘 잡고 있었으니 지금 기쁨과 축복을 먼저 감사하는 사람이 되었겠지요.

내가 앙증맞게 노래하던 그때 세계 도처에서는 피바람이 불고 있었습니다. 1968년에 프랑스에서는 5월 혁명이 있었습니다. 세계의 진보 세력들이 자유와 해방을 찾아 노도처럼 일어섰던 때였습니다. 소비에트 연방이 간섭하던 체코슬로바키아에서 일어난 민주화 운동도 있었습니다. 그 시대를 배경으로 한 〈프라하의 봄〉이란 영화를 봤었는데 뜨거운 시대를 배경으로 한 영화는 늘 기대 수준에 못 미칩니다. 그것은 그 시대가 폭풍 같은 한 편의 드라마이기 때문에 아무리 잘 만들어도 역사의 사실성보다 훨씬 못 미치기 때문일 것입니다.

꼬맹이 계집애가 노래 부르고 있을 때 자유와 해방을 위해 무수한 학생들이 죽어갔던 것입니다. 그때 우리나라도 민주화 바람이 저 멀리서 생성되고 있었습니다. 그때는 20여 년 후에 그 바람이 우리나라를 덮을지 아무도 몰랐을 것입니다. 수많은 국민들이 피를 흘리고, 미래를 희생하는 일이 청년 본연의 자세가 되는 그 시기가 저벅저벅 걸어오던 때였습니다.

프랑스의 5월 혁명, 체코슬로바키아의 민주화 운동 그리고 1987년도에 있었던 우리나라의 6월 항쟁은 기억해야 할 민주화 운동입니다. 우리는 아직도 또 다른 대상으로부터 벗어나기 위해 뜨거운 혁명을 준비해야 하는 삶을 살고 있습니다. 그것이 역사인 모양입니다. 무엇인가로부터 끝없이 인간을 위해 혁명을 일으키는 것 말입니다.

교회 식구들 중 선우와 다온이는 이제 걸음을 겨우 놓는 아이들입니다. 이 아이들의 재롱을 보면서 이 아이들이 꿈꾸는 혁명은 어떤 모습일지 생각합니다. 아직 민주주의가 제대로 실현되지 않은 땅이지만 그것은 우리 세대의 몫인 것 같고 이 아이들의 몫은 아마도 자본이 먹어치우고 있는 인성 회복이 되지 않을까 생각합니다. 아이들이 잘 클 수 있게 지역사회 공동체인 교

회가 건강해져야 한다고 노아 할아버지 노래를 하던 계집아이
가 바람에게 기도를 전하고 있는 아침입니다.

다섯 번째 이야기

처음 본 죽음

1971년 6월 29일 이른 장마가 시작된 날, 새벽에 나를 깨운 것은 낯선 공기의 울림이었습니다.

공기의 울림은 강약 조절에 실패한 떨림이었습니다. 잠시 후 정신을 차리고 방 안을 둘러보았습니다. 한 방에 모두 모여 자던 엄마와 언니들은 다 어디로 가고 왜 나만 이불 속에서 자고 있는 걸까요. 울림을 타고 오는 이 불안한 소리는 뭘까요. 눈을 비비며 방문을 열었을 때 그 무서운 소리가 가까이서 들렸습니다. 섞여 들려오는 목소리들이 모두 익숙합니다. 눈을 비비며 아버지가 누워 있던 작은 방을 들여다봤습니다. 온 가족이 나만 빼놓고 아버지 둘레에 앉아 뭐하고 있는 걸까요. 불안한 나는 그 방으로 들어서지 못하고 멀찍이서 바라봅니다.

오빠가 울면서 날 손짓해 불렀습니다. 오빠가 내 손을 아버지 손 안에 넣어주었습니다.

아직 따뜻한 손. 내가 울었을까요? 모두 우니까 우는 시늉은 했었던 것 같기도 합니다. 내가 슬픔을 알았을까요? 아니요. 난 다음날에 고무줄놀이를 했던 것을 생생하게 기억합니다. 고무줄을 하는 것이 이 비극적인 일과 어울리지 않다는 것은 알았던 것 같기도 합니다. 그 순간부터 유월의 습한 바람이 차곡차곡 내 안에 고이기 시작했습니다.

그 이른 새벽에 난 내가 아는 친척집으로 바람을 가르며 뛰어갔습니다. 가까운 친척도 아니었지만 난 어디엔가, 어디론가 가야 한다고 생각했던 것 같습니다. 새벽 공기를 가르며 달려가던 아홉 살 계집아이의 등에서 땀이 나도록 뛰어서 소식을 알렸습니다.

그다음엔 뭐하지 뭐하지 뭐하지 하며 천천히 걷던 빨랫골의 언덕, 그날의 새벽 공기. 난 정말 하나도 슬프지 않았고 그냥 불안했습니다. 이틀 뒤 엄마가 장례 준비로 시장에 갑니다. 늘 하던 대로 따라 나설 준비를 했습니다. 시장 가면 엄마가 호떡이든 뭐든 먹을 것을 하나 사주니까요. 비가 많이 쏟아지는 삼양동의 언덕길을 즐겁게 미끄러지듯 내려갔습니다. 저기서 담임 선생님과 부반장 진경이가 언덕을 올라옵니다. 엄마를 만나 하얀 봉투 하나를 주십니다. 말똥말똥 쳐다보다가 슬몃 숨고 싶다는 마음이 먼지바람처럼 일어서고 있었습니다. 그 순간은 내가 이제 아버지 없는 아이라는 것이 공식화되는 순간이었던 것입니다. 선생님은 곤색 우산, 진경이는 노란 우산을 받고 멀리 사라졌고 나는 다시 호떡 생각에 빠졌습니다. 그 뒤로는 기억이 나지 않습니다. 나의 목적은 호떡이었는데 정작으로 호떡을 먹었는지에 대한 기억은 없습니다. 호떡만 먹고 싶은 내 마음에 대한 죄의식이 그 순간을 지금까지 각인시켜놓았을까요? 무엇 때문에 그 순간의 풍경이 이토록 생생한 것인지요.

넷째 언니만 남겨놓고 모두 하얀 차를 타고 떠났습니다.

"희주는 두고 가지. 너무 어려서 데리고 가면 안 좋겠어. 희진이랑 희주는 두고 가자고."

그 결정으로 나와 언니는 남겨졌고 남은 음식을 먹으며 먼 산만 바라봤습니다. 동네 입구에서 기웃기웃거리며 언덕 아래로 몇 번이나 오르락내리락했는지요.

장독대에 올라가 간장 냄새를 맡으며 해가 다 지도록 오도카니 앉아 구름만 쳐다보며 무슨 생각을 했었는지요. 아무것도 한 것 없이 기다리다가 하루가 다 갔습니다. 그 후에 들은 이야기지만 그날 장례식장에서 셋째 언니의 울부짖음이 방하리 골짜기를 흔들어놨다고 했습니다. 내가 심심해서 장독대에 앉아 엄마와 언니들과 오빠를 기다리고 있을 때 셋째 언니는 그렇게 울고 있었던 것입니다.

1971년 내가 기다림을 배우기 시작한 그해, 막연한 기다림이 내 마음을 살금살금 갉아먹을 때 난 불안이라는 감정이 자라는 것에 속수무책이었습니다. 아버지가 돌아가신 이후의 나는 조용하고 어두운 아이로 자랐습니다. 나에게 사랑을 표현해주던 유일한 사람을 상실한 것입니다. 그래도 막내인 나는 잠잘 때 늘 엄마의 옆자리를 차지했지만 난 나를 쓰다듬고 사랑한다고 말해주는 사람이 필요한 것이었습니다. 훗날 이 오이디푸스 콤플렉스는 내 청춘에 휘몰아치는 폭풍의 단초가 되기도 했습니다.

2013년 10월 한 신문의 기고문 중 이런 내용이 있었습니다.

> 1971년 대선에서 공무원과 군인이 동원된 관권 부정선거는 급기야 대통령 직선제를 없애고 사실상 종신총통이 대한민국을 다스리는 유신철권 독재로 이어졌다. 그 뒤 우리 국민은 민주

회복을 위해 피로써 투쟁했고 마침내 빛나는 민주주의 역사를 만들어냈다. 이런 경험이 있기에 관권 부정선거를 민주주의의 적으로, 헌정 질서의 파괴 행위로 규정하는 것은 너무도 당연한 일이다.

— 박찬운 한양대 법학대학원 교수의 글 중에서

내가 기다림을 배우기 시작하며 우울한 유년을 시작한 1971년도 대선에서도 부정선거가 있었고 지금은 그 당시의 대통령 딸이 부정선거로 당선되었다고 소문만 무성한 채로 정권을 거머쥐었습니다. 나의 기다림은 오랫동안 엄마였다가 또 오랫동안 남자였다가 이제는 아이들이 학교에서 돌아오기를 기다리는 중입니다. 나는 쉰 살이 넘어가면서 우울함과 어떻게 친숙하게 지내야 하는지를 아는 사람이 되었습니다. 간혹 이유 없이 우울해지면 그 기운을 반갑게 맞이하기도 합니다. 한 사람의 생도 이렇게 진행됩니다. 사람은 나이 들면서 자신의 손톱 밑 가시를 빼내는 데 온 에너지를 쏟다가 이웃, 나라, 세계를 바라보려고 노력합니다. 그것은 시야를 넓히면 자신에게 당면한 문제를 풀어나가는 일이 아주 수월하게 느껴지기도 하는 건강한 방어기제의 발현이라고 생각합니다. 정신적인 질병을 갖고 있는 사람은 변화를 유연하게 받아들이지 못합니다. 끝없이 자신의 현재를 유지하려고 하지요. 사람들은 모두 건강하게 변화를 받아들이려고 노력합니다. 그것이 곧 생존의 본능이기 때문입니다. 변화를 두려워하는 질병을 갖고 있는 한국의 정치를 바라보면 치유되지 못한 아픈 자들의 정권이라는 생각을 하게 됩니다. 질병을 앓고 있는 정치로 서민들의 삶은 날로 피폐해지고 있습니다. 정치는 내가 아홉 살 계집아이에서 쉰 살이 넘어가도록 변한 것이 없습니다다만 내 기다림의 자리에 휴머니즘이 살아 있는 정치를 염원하는 작은 폿대를 꽂아봅니다. 이데올로기와 일제 치하를 거치면서 아픈 자들이 된 이들이 치유되지 않은 채로 정재계에 남아 있습니다. 그들의 콤플렉스가 역사적으로 정당하게 극복되기를 바랍니다.

기억이 풍기는 봄밤

여섯 번째 이야기

어린 날의 샤머니즘

여섯 살, 뒤꼍에 우물이 있었던 삼양동의 그 집을 기억하면 그 많은 형제들은 기억 속에서 다 어디로 가고 나와 아버지와 엄마만 그 집에 있는지 모르겠습니다. 그 집에서 있었던 몇 가지의 기억은 너무나 고적합니다. 아무도 없던 집에서 아픈 아버지와 소꿉놀이하던 것, 엄마가 병든 닭을 잡던 것, 우물 속에 무엇인가 살고 있었고 나는 그것이 물고기라 믿고 두레박으로 물고기를 잡아보려 했던 것, 열이 나서 정신을 못 차리던 것, 별로 볕이 들지 않았던 뒤꼍의 이끼들, 앞마당에는 늘 쨍쨍 볕이 들었던 것이 그 집에 살던 기억의 전부입니다. 열이 심하게 나던 날 밤 잠결에 무언가의 기척에 눈을 뜨니 캄캄한 밤에 엄마의 모습이 보입니다. 창문으로 비친 달빛 속의 엄마가 내 머리맡에 서서 뭐라고 중얼거립니다. 하얀 사기로 된 대접을 내 머리 위로 빙빙 돌리다가 뒤꼍의 문을 열고 서너 번에 나누어 버립니다. 난 다시 잠이 들었고 내 열은 식었습니다.

삼양동의 또 다른 집에서 난 두드러기가 났습니다. 무엇을 잘못 먹었던 게지요. 엄마는 나를 발가벗기고 화장실에 밀어 넣습니다. 불을 지핀 후 빗자루를 불에 그슬립니다. 중얼거리며 내 몸을 쓸어내립니다. 물론 그 때문에 내 두드러기가 나은 것은 아니지요. 딸아이의 몸에 솟는 붉은 두드러기를 보며 불안했던 마음을 어딘가에 의지하여 덜어내는 역할은 분명 했을 것입니다. 몸의 두드러기보다 마음의 두드러기를 위로해주는 것이지요.

어딘가로 걸어갑니다. 숲길이었는데 자갈을 길 위에 뿌려 제법 단장을 한 것으로 봐서 많은 이들이 오고 가는 숲길인 듯합니다. 어린 내가 걷다가 힘들어서 칭얼거리자 누군가가 나를 업고 그 길을 따라 높이 올라갑니다. 큰 기와집이 있는 곳에 도착하니 울긋불긋한 색깔이 숲 속에서 휘날립니다. 징과 꽹과리 소리, 장구와 북 소리가 어우러져 숲을 흔들고 있습니다. 무당의 굿이 시작되었습니다. 칼을 타는 무당은 아버지의 치유를 위해 굿을 합니다. 그 시절에 할 수 있는 마지막 샤머니즘적인 방법을 엄마가 동원한 것입니다. 난 나무 그늘에 쪼그리고 앉아 온 숲이 흔들리는 불안한 기운을 몸으로 받아내고 있었고 그 기운이 무서워서 그날 밤 오줌을 쌌습니다. 어린아이들은 충격적인 일을 당하면 오줌을 싸니까요. 아버지는 낫지 못하셨습니다. 삼양동의 가톨릭 성당에서 우리 집의 소식을 듣고 신부님이 들르셨습니다. 아버지는 그날 천주교에서 전하는 하나님을 맞았지만 장례의 모든 절차는 한국 문화인 상여를 메고 상여메김소리를 하며 진행됐습니다. 아버지나 엄마가 천주교를 받아들인 것은 좋다면 아무거나 다 해보자는 마음에서였을 것입니다.

1960년대 후반 무렵의 많은 사람들의 종교는 불교, 천주교, 기독교였지만 또 다른 많은 사람들은 서민들의 삶 속에 흘러 다니던 샤머니즘을 자신이 갖고 있는 종교와 함께 삶 속에 섞어 의지해 살았습니다. 그 시절에는 간절함을 표현하는 방법으로 가장 익숙한 것들을 선택한 것이겠지요.

진도의 씻김굿은 그 지방의 장례 문화입니다. 씻김굿은 이 세상의 모든 한과 부정한 것들을 다 씻어내고 죽음의 세계에 들라는 의식인데 이 씻김굿에는 모든 한국의 문화가 집약적으로 다 깃들어 있습니다. 소리, 악기, 행위가 다 예술적으로 승화된 장례 의식이어서 씻김굿은 이제 공연 예술로 자리매김되었습니다. 이 공연 예술을 기독교에서는 공연 예술로 보지 않고 우상

숭배와 귀신 문화라 규정 짓기도 합니다. 나는 기독교인이지만 씻김굿을 보면 신이 나서 들썩들썩 춤도 추고 소리도 따라 부르게 됩니다. 나는 기독교가 들어오기 훨씬 전 그 오랜 옛날부터 내려오던 문화에 젖은 사람이고 나의 예수는 그 문화권으로 들어오면서 그 문화에 맞는 언어로 내게 스며들었습니다. 예수가 한 나라의 문화 따위는 이해하지 말고 이스라엘의 문화권 내에서만 이해된 예수를 땅끝까지 전하라는 명령을 내렸다면 정말 어이없습니다. 우리네들의 샤머니즘이란 모두 사랑의 길로 가다가 만난 많은 갈래 길입니다. 이 갈래 길들을 품지 못하면 기독교는 예수님의 사랑을 실천하지 못하게 되겠지요. 심판이니 죄악이니 이런 말들을 앞세우기 전에 무엇이 그 시절에 가장 절박한 것이었는지를 파악하는 것이 먼저입니다. 그저 서로 등 쓰다듬으며 사랑하는 것이 더 예수님과 가깝다는 생각을 합니다. 나의 엄마가 예수님을 모를 때 하던 기도와 예수님을 알게 된 후의 기도는 같습니다. 어딘가에 있을 절대자에게 드리는 기도지요. 시대와 배경의 이해가 없이는 모든 사랑의 실천은 다 거짓입니다. 한국의 샤머니즘에서 비롯된 문화를 어둠 속에 놓아두면 귀신에게 권능을 주고 그걸 무서워하는 것과 다름없지요. 서민들의 삶에 뿌리내린 문화와 엑소시즘과의 연결 고리는 끊어내고 서민 정서는 양지로 끌어 올리는 것이 예수님의 모습 그리고 세계의 문화를 이해하며 예수를 알린 바울을 닮아가는 것이겠지요. 현재 한국의 기독교는 2000년을 기점으로 가는 길을 달리하고 있는 듯합니다. 개독교라는 신종어가 생기기도 했습니다. 나는 개독교인이 아니라고 거품 물고 설명하면 뭐합니까. 사회 전반에 걸쳐 기독교인들의 어이없는 작태는 꼬리를 물고 수면 위로 올라옵니다. 그것은 사람들이 말하는 말 그대로 개독교입니다. 기독교는 그렇지 않습니다. 그저 묵묵히 어떤 누구와도 삶을 나누는 사람이 되려고 노력하는 이들이 있고, 잘못된 성경 지식을 바로잡으려고 모든 생을 털어 넣고 있는 사람도 있습니다. 진정한 이들은 소리 소문 없이 자신의 할 일을 할 뿐입니다. 그들은 사람을 이해함에 있어 자신의 잣대를 사용하지 않습니다. 넉넉한 품이 있어야 사람이 안기지요. 그 품이 자꾸 좁아지면 기독교가 설 자리가 없습니다. 현대사회에서 예수가 사람들의 삶 속에 들어오지 못하는 이유는 예수 편에 선 자들이 바로 예수의 적이 되어가고 있기 때문입니다.

일곱 번째 이야기

성교육

아버지 돌아가시고 아버지 그늘에 묻혀 있던 엄마가 벌떡 마징가처럼 일어섰습니다. 엄마가 아모레 화장품 행상을 시작한 것입니다. 당시 화장품은 아모레와 쥬단학이 쌍벽을 이루었지만 엄마는 먼저 출발한 아모레 화장품을 선택했습니다. 친척들은 혼자서 저 많은 아이들을 어찌 키울 수 있겠냐며 하나씩 데려다 키우자는 말을 주고받곤 했지만 정작 데려다 키우지는 않았습니다. 다만 필요에 의해 첫 번째 타자로 넷째 언니가 낙점되었습니다. 넷째 언니가 우리 집에서 제일 영특하여 공부를 아주 잘했기 때문에 그 집의 두 아이를 가르치며 자라줄 것을 기대한 것입니다. 언니는 그 집으로 간 지 수일 지나 돌아왔습니다. 왜 돌아왔는지 엄마는 묻지 않았고 "죽으나 사나 함께 가자!" 하며 입을 꽉 다물었다고 합니다. 우린 이사를 했습니다. 방 두 개를 전세로 얻었을 때 주인아주머니는 아주 못되기 그지없었습니다. 자식이 많은 우리 엄마는 아무 소리도 못 하고 죽은 듯이 고개를 주억거리시기만 했습니다. 승균이 엄마라는 그 분은 목소리 톤도 높은 데다가 괄괄하기까지 했습니다. 우린 전기도 물도 죽은 듯 눈치 보며 써야 했습니다. 거기다 내가 철딱서니 없이 작은집에서 얻어온 강아지가 어느덧 개가 되어 한 사람 몫을 톡톡히 하고 있었으니 우리 집을 노골적으로 싫어했습니다. 그렇게 유년의 기억은 장을 달리하여 기록되기 시작했습니다.

미국의 초등학교에서는 고학년이 되면 성교육을 시작합니다. 놀란 것은 개괄적인 설명이 아니라 구체적으로 체위까지 설명하는 교육의 시대가 된 것입니다. 내가 초등학교 다닐 때는 손만 잡아도 아이가 생기고 그 애는 배꼽에서 나온다고 믿는 아이들이 태반이었습니다. 그러나 난 그 비밀을 어렴풋이 알고 있었던 듯싶습니다. 어느 집인지는 모르겠으나 방 안에 굴러다니는 성인 만화를 본 적이 있었던 것입니다. 제목이 '김일성의 침실'이었습니다. 땀을 뻘뻘 흘리는 돼지 같은 남자와 교성을 지르는 여자의 그림에 난 기절하듯 그 책을 놓아야 했으나 이 무슨 음험한 본능인지 누가 오나 안 오나 살피며 그 만화책을 다 보고 말았던 것입니다.

'이게 비밀일 거야' 라고 짐작하였으나 아이들이 모여 자신의 짐작을 사실인 듯 이야기할 때 난 모르쇠로 일관하여 나의 순진함을 과시했습니다. 순진함이 참한 여자라는 공식을 자알 지키는 내숭녀였던 것입니다. 그즈음 내가 키우던 개가 어느덧 성견이 되어 신랑감을 물색하며 거리로 헤메고 다녔습니다. 우리 개가 적당한 개를 낙점한 후 윗집의 대문 앞에서 사랑을 나누고 있었습니다. 그 당시에는 위협적인 개들만 묶어놓고 키웠고 웬만한 개들은 다 풀어놓고 키워 그런 풍경은 자주 목격되었습니다. 그러나 그 집 아주머니 심기가 매우 불편해지셨습니다. "남의 집 대문 앞에서 이런 똥개들이!" 하며 물을 확 끼얹어버리고 말았던 것입니다. 놀란 신랑 신부는 줄행랑을 쳤지만 그 뒤 우리 개는 하반신을 못 쓰는 개가 되었습니다. 동네 사람들과 우리 가족이 모여 걱정스럽게 우리 개를 바라보고 있을 때 개 주인이었던 난 무지무지 화가 나서 씩씩대며 한마디 칵 던져버리고 말았습니다.

"저 그럴 때 물 뿌리면 좋냐고!"

일순간 어른들의 표정이 확 굳는 것을 파악하고는 아차 싶었지만 이미 때는 늦었습니다. 난 표정 관리를 하며 방으로 들어가버렸습니다. 이것으로 순진하고 참한 나는 오간 데 없고 발랑까진 내숭녀로 등극되었습니다.

학교를 다녀오니 병신이 되어버린 나의 개가 보이지 않고 못보던 반짝반짝한 스댕 밥그릇이 몇 개 마루에 놓여 있었습니다. 엄마가 개장수에게 개를 팔아버리시고 시집갈 준비를 하던 큰언니의 혼수로 밥그릇을 사놓은 것이었습니다. 언니는 "나 안 갖고 가!"라고 외쳤습니다. 난 종일 찔찔 울며 그 아주머니를 원망하고 인정사정없이 실용적인 생활만을 붙들고 사시는 엄마를 원망했습니다.

1977년 그즈음 미국에서는 보이저 1호와 보이저 2호를 발사시켰습니다.

보이저호는 알루미늄 재킷에 넣은, 수많은 지구의 역사와 문화를 담은 레코드판을 싣고 있습니다. 12인치 크기의 금속 조각을 칼 세이건(Carl Sagan) 박사가 설계했고 그 안에 지구의 상세한 도로와 우주 여행 안내서를 넣었습니다. 또한 보이저와 만나게 될지도 모르는 생명체에게 인사말을 건네기 위해 54가지의 언어를 담았다고 합니다. 한국어도 물론 담겼습니다. 그것에 담긴 사진 중 이런 것도 있다 합니다. 인간의 성 기관, 임신 과정, 수정란, 태아 등등. 보이저호에 담긴 인간의 성 문화 또한 고전이 될 것입니다.

2015년 6월 9일 밤에는 보수적인 동방의 나라에서도 동성애 퀴어 축제가 열렸습니다. 중동호흡기증후군(메르스)라는 전염병이 대한민국을 덮어 사람들이 모이는 곳에는 가급적 가지 않고 행사들도 다 취소하는 긴급한 정국에도 그 축제는 열렸습니다. 문화의 변화는 인류 역사가 진행되는 동안에는 계속 있을 것입니다. 동성애는 아무리 반대하는 사람이 많아도 합법적인 문화의 형태로 자리매김을 하게 될 것입니다. 내가 갖고 있는 성 문화의 양지와 그늘은 아주 오래된 흑백사진이 골동품 가게 구석에서 먼지와 함께 잊히는 기록이 되어가듯 이 시대에서 밀려날 것입니다. 나는 동성애자들의 존엄성을 인정하면서도 동성 결합을 합법화하는 제도를 만드는 것에는 너무 많은 걱정과 우려를 하고 있지만 이 물결이 어쩔 수 없다는 것을 감지합니다. 어쩔 수 없다면 이 문화가 건강하게 자리 잡아야 할 텐데 반대와 찬성은 늘 선정적으로 대립되어서 건강하게 서로를 존중하는 것이 아니라 상식도 없이 물고 뜯는 형국으로 치닫고 있습니다. 어떤 경우든 이해가 상충하면 그리 변하고 말아서 대의적 명분이라는 말은 무색합니다. 이 물결을 거스를 수 없다면 성 문화를 정확하게 이해시키는 교육이 필요할 듯합니다. 싸움이 오래 지속되는 사이 정확한 이해가 없는 불특정 다수의 호기심이 합법이라는 우산 아래에서 행동으로 옮겨지는 데 따른 부작용은 또 다른 사회의 문제가 될 것입니다. 또한 인류사가 선택한 이성애를 중심으로 발달한 사회 속에서 권태로운 사람들은 합법화된 동성 결혼 제도에 얹혀 변형된 또 다른 성 문화를 발달시키고 있습니다. 그들도 자신들의 선택을 법적으로 인정받기 원합니다. 결혼 문화의 변화는 인류의 모든 문화를 변화시키는 기저가 될 것입니다. 또 다른 보이저호를 쏘아 올릴 때는 그 안에 담긴 정보가 많이 달라져 있을 것입니다.

어떻게 변하게 될까요? 지금 이 글을 쓰는 순간에 하늘에 비행기 지나가는 소리가 멀리서 들리다가 가까워졌습니다. 그리고 서서히 멀어져가고 있습니다. 참 평화로운 오후입니다. 잘 어우러지는 변화가 어떤 것이지 난 잘 모르겠습니다. 내가 알고 있는 평화만 생각되지만 내가 알 수 없는 평화로운 풍경도 미래에서 기다리고 있을 것입니다. 다만 나와 내 세대의 모든 이들의 짧은 생이 모쪼록 자신이 알고 있는 평화의 적당한 그늘에 놓이기를 바랄 뿐입니다. 지금은 오후 2시 34분입니다.

여덟 번째 이야기

불안한 초경

내가 초경을 시작한 중2 때, 어느 누구도 그런 끔찍한 일이 일어나는 것이 통과의례라는 것을 알려주지 않았습니다. 가슴도 손을 댈 수 없이 아픈데 그게 앞으로 내가 달리기를 할 때 불편함을 초래하는 물건이 커지는 징조라는 것도 알려주지 않았습니다. 대책 없이 무조건 경험하는 것이 그 시대의 사춘기였던 것입니다. 나보다 2년 먼저 태어난 언니는 미리 경험을 한 바 있어 실실 웃으면서 "네 젖이 이따만 해질 거야"라고 손으로 큰 원을 그렸을 때 난 그 크기보다 언니가 킬킬거리는 것으로 보아 그건 아주 몹쓸 것으로 생각되어 와앙~ 하고 울어버렸습니다. 놀다가 누군가 나의 가슴을 건드리면 죽게 아파도 일그러진 웃음을 웃는 것으로 '난 아직 그때가 아님'을 증명하려고 애썼습니다. 줄넘기를 하던 어느 날 초저녁 알 수 없는 감정에 휘말리기 시작했습니다. 불안 같기도 했지만 딱히 그것만은 아닙니다. 알 수 없는 어떤 기운이 내 몸 속에서 자라나고 있다는 느낌은 날 꼼짝 못하게 했습니다. 난 줄넘기를 하다 말고 쪽방으로 들어가 무릎을 세우고 무릎 사이에 얼굴을 묻었습니다. 이게 무슨 기분이지? 이게 뭐지? 그 의문만 가득했던 그 쪽방. 형제들이 다 돌아오고 엄마도 장사에서 돌아오셨습니다. 식구들이 다 모여들어 시끌시끌한데도 난 알 수 없는 기운에 갇혀 가족들과 함께 섞이지 못하고 웅크리고 있었습니다. 그 순간 내 몸의 변화가 현실적으로 나타났습니다. 난 행상으로 피곤해서 잠든 엄마 귀에 대고 속삭였습니다. "엄마, 나 뭐가 나와." 엄마가 계속 잠만 잡니다. 난 울고 싶었습니다. 할 수 없이 언니에게 말했습니다. 언니는 대수롭지 않다는 듯 언니의 개짐을 몇 개 주었습니다. 다음 날 아침 난 학교를 가야 하는데 저 조그만 천이 이 커다란 일을 막아낼 수 있을 것인가 하는 의문이 들었습니다. 난 언니가 준 것을 다 펴서 아주 큼직한 개짐을 만들었습니다. 그러나 또 다른 문제가 마음에 걸렸습니다. 엉덩이 뒤로 표시가 나면 이 무슨 개망신이란 말입니까? 난 내내 가방을 궁둥이에 대고 걷는 우스꽝스런 걸음으로 학교에 갔었습니다.

최초로 만들어진 공장 대량생산형 생리대는 제1차 세계대전 당시 미국의 제지회사 킴벌리 블라크에서 간호사들을 대상으로 개발했던 '코텍스'였습니다. 붕대 대용품으로 셀루코즌이라는 일회용 펄프 직물을 개발했는데 야전병원에서 일하던 간호사들이 생리대 대신 사용하던 것입니다. 그것을 킴벌리 클라크사가 잽싸게 낚아채 현대의 여성들에게 없어서는 안 되는 물건을 만든 것입니다. 한국의 일회용 생리대는 1971년 유한킴벌리에서 나온 '코텍스'가 처음이었지만 끈이 달려 있었고 지금과 같은 접착식은 1975년 나온 '뉴 후리덤'이었습니다. 이것이 서민들에게까지 대중화되는 데는 시간이 필요했습니다. 난 대중화되는 과정 중에 초경을 치른 것입니다. 바쁜 엄마는 계집아이의 사춘기에 직접 관여할 수 없었습니다. 언니들이 많았지만 어려운 살림살이의 가족들은 모두 각자도생입니다. 누가 누구를 살핀다는 것은 희생을 전제로 이루어집니다. 언니들도 나의 사춘기를 살피기에는 각자 감당해야 할 일들이 많았습니다. 난 개짐을 어떻게 빨아야 하는지 몰랐습니다. 아무리 아무리 빨아도 얼룩이 깨끗하게 없어지지 않았습니다. 할 수 없이 사람이 안 다니는 뒤꼍의 빨랫줄에 널어놓고 대충 말리려고 했습니다. 혹시 누가 보기라도 할까 싶어 그 아래 쪼그리고 앉아 거미줄 위를 느리게 걸어 다니는 푸른 거미를 올려다보며 개짐이 마르기를 기다리고 있었습니다. 지금 생각하면 안쓰러운 계집아이의 초경입니다.

이렇게 여성들을 향한 물건이 서서히 만들어지기 시작하면서 여자들은 서서히 고개를 들어 하늘을 보게 된 것입니다. 여성들의 인권이 본격적으로 주장되는 시점이기도 합니다. 1974년도에 최인호 소설을 영화화한 〈별들의 고향〉과 1977년도에 제작된 〈겨울여자〉가 테이프를 끊으면서 여성 영화가 만들어지기도 했습니다. 난 어려서부터 그 어떤 여성을 대상으로 영화화했건 소설을 썼건 별로 감흥을 받지 못했습니다. 얼마 전 베스트셀러가 되었던 신경숙의 『엄마를 부탁해』를 읽으면서도 "그래서 뭐?" 이런 정도였습니다. 내가 사춘기였던 그 시기에 내 엄마는 여자가 아닌 채로 살았고 그 시대의 많은 엄마들은 그보다 훨씬 더한 삶을 살았기 때문입니다. 그 과정을 징징거리며 써내려간 글들은 투쟁하듯 살아온 그 시대의 모든 엄마들을 표현하는 데는 역부족입니다.

내가 엄마의 귀에 대고 "엄마, 나 뭐가 나와" 했을 때 잠만 자는 엄마 때문에 울고 싶었는지 엄마의 고단한 얼굴 때문에 울고 싶었는지 분명하지 않습니다. 삼양동의 밤은 깊어갔고 그날의 기억은 깊은 밤 어느 한켠에 접혀 넘어갔지만 간혹 생생하게 살아나기도 하는 완경 이후의 나는 까마득하게 어른이던 사람의 자리를 이미 차지하고 있습니다.

10대의 열감기

나는 열감기를 많이 앓았습니다. 아프면 열이 올라서 헛소리를 하기도 하고 늘어져서 정신을 못 차리기도 했습니다. 한번은 열감기에 먹는 약을 언니가 양호실에서 얻어다 주었는데 한 알만 먹어야 하는데 모르고 두 알을 먹었던 적이 있습니다. 열에 취해, 약에 취해 늘어진 나는 낮잠으로 시작한 잠을 밤이 깊어서야 깼습니다. 내가 이렇게 아픈데 아무도 나를 챙기지 않았다는 설움이 목까지 차올랐습니다. 엄마는 아이들의 밥만 해결하기도 벅찬 하루하루를 보내고 계셨고 내 형제들은 제각각 제 아픔에 겨워 막내인 나를 별로 챙기지 않았습니다. 유난스럽게 사람을 좋아하던 나의 외로움은 깊어 좋아하는 노래마다 청승맞기가 이를 데 없었습니다. 요절한 가수 김정호의 노래 중 이런 가사가 있습니다. "빨갛게 물들이고 저 산 넘어 가는 새야" 그 노래를 잘 불렀습니다. 〈한오백년〉 〈가시리〉라는 노래도 즐겨 불렀습니다. 점심시간에 먹을 도시락은 진작에 다 까 먹고 할 일이 없으니 의자를 주욱 붙여놓고는 벌떡 누워 애들이 듣거나 말거나 이런 노래를 메들리로 불러 젖히곤 했습니다. 생기발랄한 그 나이의 청승에 대한 친구들의 반응은 극과 극이었습니다. 완전히 좋아하거나 완전히 재수 없어 하거나 했던 것입니다. 이렇게 혼자 청승의 세계에 발을 들여놓던 나는 급기야 완전 염세주의에 빠져들어 몹시 힘든 나날들을 보냈습니다. 한번은 열감기로 몹시 앓다가 거의 혼절 지경에 이른 적이 있습니다. 엄마가 돌아와서 늘어진 나를 깨웁니다. 볼때기를 따다닥 때리면서 그 하이 소프라노 목소리로 나를 깨웁니다. "희주야, 일어나. 어서 일어나. 엄마가 수박 사왔어. 어서 어서……!" 또 따다닥, 내가 정신을 잘 못 차리자 병원으로 갔습니다. 가서 해열제나 맞고 나왔겠지 별거는 없었습니다. 다음 날 그 귀한 수박을 먹으면서 집에서 푹 쉬었을 것입니다. 엄마는 늘 내가 아프면 장사를 나가지 않고 내 옆에 계셨습니다. 엄마에게 애틋한 사랑의 표현을 받은 적은 없지만 그 덕분으로 난 배고프지 않았고 아플 때 손을 뻗으면 잡을 수 있는 거리에 늘 엄마는 있어주었습니다. 그런데 이때의 기억이 도저히 없어지지 않는 이유는 당시의 내 헛소리 때문입니다. 왜 이런 재수없는 헛소리를 해서 내 기억에 각인되었는지 알 수 없으나 나의 헛소리는 이러합니다.

"뱀 피가 필요해! 뱀 피가 필요해!"

섬뜩합니다. 쬐깐한 계집애가 왜 뱀피가 필요하다고 헛소리를 했는지 아무리 생각해도 적당한 이유가 없습니다. 아마도 그때 난 삶과 죽음 그리고 인간의 죄 등을 놓고 심각하게 고민하던 시기였고 그때 기독교 신앙을 접하면서 마구 혼란을 겪었기 때문에 그랬을 것입니다. 영적으로 설명을 한다면 기독교 신앙이 들어오면서 내 안의 나쁜 기운이 뱀 피가 필요하다고 발악을 했는지도 모릅니다. 고등학생이 된 나는 처음으로 꿈속에서 몽정을 경험하기도 했습니다. 이게 뭔가? 알 수 없는 이게 뭔지 누군가 알려주었다면 나의 의식은 '별거 아니군' 하며 홀가분했을 것인데 그때는 그런 일반 상식도 쉬쉬하던 때였습니다. 난 무슨 큰 죽을병에 걸린 것처럼 이 문제를 안고 새벽기도를 다녔습니다. "이게 뭔데 나를 이렇게 죄의식에 가두어놓는 것이지요?" 기도의 요지는 그런 것이었습니다. 그 문제가 별거 아님을 안 것은 많은 세월이 흘러서였습니다. 지금 시대에 이런 이야기는 너무 뒤처집니다. 그래도 그 당시의 많은 사람들이 그랬을 것입니다. 그런 혼란을 겪던 나의 고등학교 시절은 아주 캄캄했는데 다른 사람들도 그랬는지는 모릅니다. 왜냐하면 이런 경험을 서로 나누는 것조차 금기시된 분위기였기 때문입니다. 늘 고뇌 어린 표정을 즐겨했던 나를 눈여겨보던 교회 오빠가 있었습니다. 그 오빠가 나에게 내민 책은 이문열의 『사람의 아들』이었습니다. 그 책을 보면서 내가 갖는 의문의 모든 것을 주인공 아하츠 페르츠가 대변하고 있었습니다. 미친 듯이 읽었으나 그 소설도 결론을 내지 못하고 끝이 났습니다. 교회 오빠는 나를 광화문의 어느 학교로 데리고 가기도 했습니다. 그 학교가 맹인학교였습니다. 그곳에서 맹인들의 공부를 도와주라는 것이었습니다. 교과서를 읽어주고 녹음해주는 일을 했습니다. 오빠는 종교에 대해서도 많은 이야기를 해주었습니다. 내 사춘기에 유일하게 정신적인 성장을 도와준 사람입니다. 훗날 내가 스무 살이 되어 오빠와 거리를 걷는데 오빠가 나에게 물었습니다. "희주야, 내가 감방에 가면 날 기다려줄 수 있어?" 이 무슨 뜬금없는 소리인가요. 당시 오빠는 민주화 운동을 하던 운동권 학생이었던 것입니다. 내가 말합니다. "내가 왜 오빠 기다려야 하는데?" 이런 어처구니없는 질문을 날리자 오빠는 할 말이 없다는 듯 날 집에 데려다주었습니다. 나중에서야 알았습니다. 오빠가 나를 향해 연정을 키우고 있었거나, 내가 오빠를 향해 연정을 키우고 있다고 믿고 있었거나 둘 중의 하나일 것입니다. 우리 둘은 그냥 그렇게 오빠와 동생도 아닌 연인도 아닌 상태로 시들시들해졌고 각자의 길로 갔지만 그 당시에 그 오빠가 없었다면 난 아무 길도 못 찾고 더 오래 헤매고 다녔을 것입니다.

수유리에 사는 한 소녀가 사춘기를 심하게 겪던 중에 1979년 10월 26일이 있었습니다. 박정희 대통령이 생을 마감한 것입니다. 그때 울지 않았던 국민은 그의 역사적 실체를 아는 10% 이내의 사람들이었을 것이고 90%의 국민은 모두 울었을 것입니다. 아침 채플 시간에 선생님이 기도를 하면서 울었습니다. 난 뭘 알아서 운 것이 아니고 다 우니까 우는 척을 했던 것 같습니다. 그리고 누군가 죽었으니 울어야 하는 것은 당연한 것이라고 생각했겠지요. 그 선생님은 외국어대학교를 나온 영어 선생님이었는데 처음 부임지가 우리 학교였습니다. 구체적인 역사적 사실들을 알 만했던 사람도 그렇게 울던 그 사건이 1979년 10월 26일에 있었던 것입니다. 그 후 전두환, 노태우가 정권을 꿰차면서 정국은 숨 막히게 돌아갔습니다. 애인이 될 뻔했던 오빠는 어디선가 최루탄 연기 속을 달리고 있었겠지요. 난 늘 데모를 하는 이들을 바라보며 마음으로만 참여하는 순한 아가씨였습니다. 지금은 민주화 운동을 하던 사람들이 세 명이나 대통령을 했었으니 좀 나아져야 하는 시대를 살고 있어야 하는데 박정희 대통령의 긴 독재정치로 인한 부작용이 변형적으로 나타나고 있습니다. 마치 암 수술 환자가 항암 치료를 안 받아서 다시 재발한 듯한 정국입니다.

유별난 사춘기로 인해 캄캄한 세월을 보내며 다소 낭만적이기도 한 나는 청승맞은 노래나 부르고, 종교적으로 고민하던 나는 세상이 어떻게 돌아가고 있는지에 대한 연결 고리를 전혀 알 수 없는 채로 성장했습니다. 당시의 많은 이들은 그러했습니다. 정치권에서 감추려던 끔찍한 진실들이 수면 위로 올라와 의식이 변화되면서 대통령이 바뀌기도 했지만 이미 기득권을 차지한 이들은 어눌한 국민들을 상대로 '경제 살리기'라는 과자를 늘 손에 쥐고 있습니다. 세계 경제가 안 좋아지면서 세상을 변화시켰던 이들이 달콤한 과자를 얻어먹으려고 변절하기 시작했습니다. 2005년 청계천 복원 공사가 끝난 후 청계천 버들다리 가운데 전태일 기념 동상을 세웠습니다. 김대중 전 대통령은 '행동하는 양심 전태일! 영원한 우리들의 영웅 전태일', 노무현 전 대통령은 '사람 사는 세상'이라고 동판에 새겨 4,000여 장의 다른 동판들과 함께 설치되었습니다. 당시의 이명박 서울 시장은 죽은 지 100년이 지나지 않은 인물의 기념상을 세운 사례가 없다며 동상 건립에 반대했었다고 합니다. 경제가 안 좋아지자 노동운동과 민주화 운동을 함께 했던 세대들은 이러한 이명박을 대통령으로, 경제가 더 안 좋아지자 박정희 대통령의 딸을 대통령으로 세워 유령 정치를 허락했습니다. 그 대가를 2014년도의 세월호, 2015년도의 메르스, 역사 교과서 국정화 결정, 피해자를 무시한 일본과의 위안부 합의, 노동법 개악, 개성공단 폐쇄, 테러방지법 등등으로 톡톡히 치르고 있지만 절반의 국민이 선택한 대통령입니다. 이 시대는 이미 기형적으로 변한 듯합니다. 혁신을 일으킬 만한 명분도 이제는 변변치 않고 진정한 지도자가 될 인물도 보이지 않습니다. 정치가 사회 시스템을 움직이는 목적이 국민을 위하는 것이 아니라 또 다른 거대 자본을 위해 활동하고 있기 때문입니다. 박정희 대통령을 그리워하는 이들은 화려한 경제성장을 손꼽습니다만 자본이 사람을 먹어치우는 사회에 자신이 속해 있다는 것은 모르는 척하고 싶은 모양입니다.

아직 희망이 있기나 한 것일까요? 마치 지하의 게릴라처럼 SNS에서는 긴박하게 진실을 퍼 나르는 사람들이 있고 그 정보와 상반되는 정보를 흘리는 사람들이 있습니다. 진실을 알고 싶은 이들은 이제 주된 언론의 뉴스를 신뢰하지 않고 이면의 또 다른 진실이 무엇인가를 정탐하며 찾아다니는 사람들이 되어 있습니다. 바람처럼 들리는 소문들이 진실이라는 옷을 입고 수년 후 나타나기도 하지만 그때는 이미 많은 것들을 놓친 후입니다. 부작용도 있습니다. 그 어떤 것도 믿지 못할 만큼 소문이 난무한 것입니다. 그 난무한 소문들로 인해 역풍을 맞는 것은 바로 국민들이지요. 소문이 난무하지 못하도록 모든 입을 닫아버리는 정책들이 나오기 시작했기 때문입니다.

이 밤, 어느 시대에나 깨어 있었던 청년들을 기억하면서 전태일의 하루 일기를 봅니다.

> 이 결단을 두고 얼마나 오랜 시간을 망설이고 괴로워했던가?
> 지금 이 시각 완전에 가까운 결단을 내렸다.
> 나는 돌아가야 한다.
> 꼭 돌아가야 한다.
> 불쌍한 내 형제의 곁으로 내 마음의 고향으로.
> 내 이상의 전부인 평화시장의 어린 동심 곁으로,
> 나를 버리고, 나를 죽이고 가마.
> 조금만 참고 견디어라
> 너희들의 곁을 떠나지 않기 위하여 나약한 나를 다 바치마.
> 너희들은 내 마음의 고향이로다.
>
> — 조영래, 『전태일 평전』 중에서

내가 막연한 생각으로 나날을 보내고 있을 때 역사를 움직이던 의식 있는 청년들은 목숨을 걸고 싸웠습니다. 난 1970년 11월 노동자는 기계가 아니라고 외치며 분신한 전태일에 대하여 십수 년이나 지나서 알았습니다. 아마도 지금 고등학교에 다니고 있는 아이들도 많이 모를 것입니다. 알아야 할 사람들이 묻히고 있습니다. 이들을 기억해야 현재를 극복할 수 있다는 것, 나도 알게 된 지 얼마 되지 않습니다.

제2부

성장통

어느 날 갑자기 호사를 하는 날도 있었습니다. 아버지는 낭만을
아시는 분이었습니다. 어려운 살림에도 가끔 툭 호기를 부리시는
날이 있었습니다. 그것은 밤참을 느닷없이 해 먹는 일이었는데
예전에는 묵 장사들이 밤새 "메밀무욱, 찹쌀떠억!"을 외치고
다녔습니다. 김치를 방 안에서 볶으며 메밀묵을 먹는 재미는 그
늦은 밤을 행복하게 해주었습니다. 늦은 밤 고물고물한 아이들과
엄마 그리고 내 영원한 젊은 아버지가 둘러앉은 그 풍경은 내
생에 가장 따뜻하고 행복한 순간이었습니다.

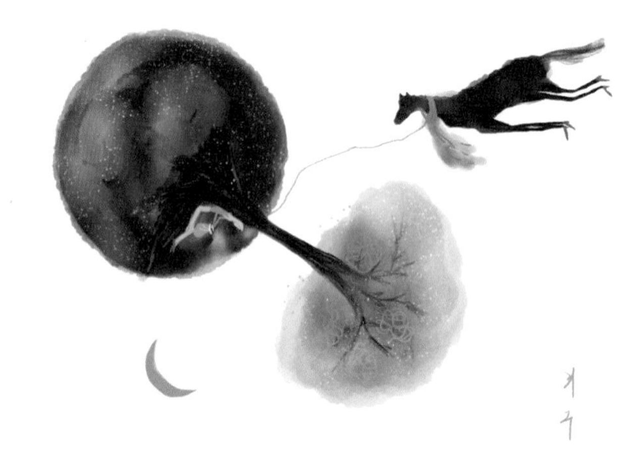

열 번째 이야기

빵 이야기

초등학교 6학년 때입니다. 내 위로는 중학교 2학년에 다니는 언니와 고등학교 1학년, 3학년에 다니는 오빠와 언니가 있었고 그 위로도 셋이나 더 있었습니다. 형제는 모두 여섯입니다. 내가 초등학교 2학년 때 아버지가 돌아가셨습니다. 엄마에게는 아버지 돌아가신 후 단돈 오십만 원이 남았었다고 했습니다. 그것도 지금 생각하니 부조금 들어온 것이 아닐까 합니다. 엄마는 그 돈으로 방 두 개를 얻었습니다. 오빠가 하나 쓰고 여자들은 엄마와 함께 한 방에서 지냈습니다. 몇 년 후 지독하게 살림을 꾸린 엄마는 삼양동에 작은 집을 사셨습니다. 그 집에 살 때 나를 포함하여 한참 성장기에 있던 형제 네 명에게 간식이라고는 없었습니다. 한번은 너무 너무 배가 고픈데 아무도 없는 집에서 먹을 것을 찾으니 마당에 묻은 오지 항아리 속의 짠 오이지와 밥 한 솥만 있었습니다. 항아리에서 뿌연 곰팡이를 휘저어 오이지를 꺼낸 후 썰지도 않고 한 손에 들고 밥을 먹기 시작했습니다. 먹다보니 밥 한 솥을 다 먹어버린 것입니다. 그때부터 난 간식거리를 만들기 시작했습니다.

집에 있는 재료는 밀가루, 신화당(당원), 베이킹파우더가 전부입니다. 좀 더 재료가 있는 날엔 흑설탕 혹은 백설탕이 있었습니다. 이 꼴난 재료로 난 매일 종류가 다른 빵을 만들었습니다. 거의 매일 빵을 만들었는데 어쩌다 빵을 만들지 않는 날에는 형제 중에 누군가 왜 오늘은 빵을 안 만드냐고 해서 늦게야 빵을 시작한 날도 있었습니다.

1971년에 대히트를 친 빵은 호빵이었습니다. 찐빵보다 세 배 정도 큰 뜨끈뜨끈한 빵을 일반 구멍가게에서 언제든지 사 먹을 수 있도록 빵의 혁신이 일어난 것입니다. 하나에 20원 정도 했었는데 20원은 없는 집 아이들에게는 작은 돈이 아니어서 호빵을 사 먹을 수는 없었습니다. 그때에도 난 무엇을 따라 하는 것을 좋아하지 않았습니다. 내가 쓸 수 있는 재료를 사용하여 얼마나 다양한 빵을 만들 수 있는가 하는 것이 목적이었기 때문에 대히트를 친 호빵을 흉내 내어 빵을 만들지 않았습니다. 재료가 부족해서 흉내 낼 엄두를 내지 않은 것일 수도 있겠지만 난 뭐든 내 식대로 내 맘대로 하는 것을 좋아해서 어떤 사용 방법이나 요리 방법이 있으면 바보처럼 멍청해지곤 합니다. 규칙이라는 것을 모르고 자라났기 때문인지 어떤 규칙을 만나면 상상력이 쪼그라 들어서 옴짝을 못 하는 아이었습니다. 어떤 재료가 어떤 역할을 하는가 하는 것만 알면 그것으로 마술처럼 밀가루의 세계를 내 맘대로 펼치는 것이 좋았습니다. 2003년에 난 미국으로 건너왔습니다. 그때 처음으로 시작한 해물튀김 장사를 하며 새로운 세계에 대한 막연함 때문에 늘 생각에 잠겨 있었습니다. 튀김옷을 입히는 밀가루는 두세 번 해물을 묻히고 나면 덩얼덩얼 뭉쳐져 있습니다. 이 밀가루를 계속 쓰면 튀김옷이 두껍고 볼품없이 묻혀지기 때문에 체로 걸러주어야 합니다. 체로 걸러주라는 것을 주인아저씨는 "씹 해줘야 해"라고 했습니다. 이때 웃음이 터지는 것을 참느라 참 고생했었습니다. 'Sieve : 체로 거르다' 이 말의 뜻을 찾아보고 그 말을 더 이상 민망하지 않게 시어브라고 발음하게 되기까지는 아주 오래 걸렸습니다. 덩얼덩얼한 밀가루가 하루에 엄청난 양으로 나오는데 난 아까워서 물 반죽을 하여 이것저것 만들었습니다. 사람 얼굴도 만들고, 밥상도 만들고, 결혼하는 신랑 신부도 만들어 창 밑에 놓아두었습니다. 궁핍한 재료로 빵을 만들며 친숙해진 밀가루와의 관계는 이제 인스턴트화된 빵의 재료 때문에 멀어져갔습니다. 빵을 만들며 만들어진 기억들은 그날의 빵 냄새처럼 고소하고 푸근하지만 이제는 장을 달리하여 음식에 대한 불안의 시대가 왔습니다.

음식이 될 만한 것이 없어서 못 먹던 시절은 어느 나라에나 있습니다. 미국이 풍요의 땅이라고 하지만 뉴잉글랜드에 메이플라워 호가 도착한 이래 이들의 생존을 위한 전쟁은 두고두고 비난받을 오류를 남기기도 했습니다. 이제 세계는 어느 한 나라가 힘이 세다고 제 배를 채우기 위해 전쟁을 무조건 도발하지 않습니다. 대신 명분을 내세워 그럴 수밖에 없음을 내세웁니다. 명분 만들기 싸움이 시작된 것이지요. 하지만 그것도 식량난을 해결하려는 노력과는 별개의 싸움이고 자본의 축적을 위한 전쟁인 경우가 많습니다. 이젠 과학을 이용한 식량 전쟁이 시작되었습니다. 모두가 걱정하는 GMO(genetically modified organism) 식품이 유통되기 시작한 것입니다. 처음에는 1994년에 토마토의 유통기간을 늘리기 위해 미국의 칼젠사가 선두에 섰습니다. 이후 옥수수 유전자 변형으로 모든 이목이 집중되었는데 최근에는 모든 식품에서 그 영역을 넓히고 있습니다. 우리의 딜레마는 유기농 식품을 먹기에는 돈이 없으니 할 수 없이 불안을 감수하고 싼 식품으로 배를 채우게 되는 것에 있습니다. 예전에는 고등어와 견과류가 알러지의 대표적 식품이었지만 주위를 둘러 보면 수많은 음식에 알러지 반응을 일으키는 이들이 너무 많아졌습니다. 자신이 먹을 식량을 자연식으로 안전하게 확보하기에는 너무 세상이 빨리 돌아갑니다. 그저 식품점에 공급되는 식품을 살밖에 다른 도리가 없습니다. 지금 70대의 노인들만 해도 숲에 들어서면 먹거리가 되는 것들을 대번에 알아봅니다. 노인층들은 들로 산으로 다니며 먹거리를 채취합니다. 이들을 통해 먹거리 숲을 자연스럽게 만들고 그들의 혜안을 빌려 이 불안에서 놓여나는 가당치도 않은 꿈을 꾸어봅니다. 이 많은 인구가 그런 재래식 방법에 의존할 수는 없습니다.

유전자 변형을 하여 대량생산을 하는 것은 어쩔 수 없이 출현한 방법입니다. 그러나 최대한 절제되어야 합니다. 몬산토라는 회사가 이 땅의 씨앗들을 모두 가져가면 단 한 번만 재배 가능한 씨앗으로 변종되어서 돌아옵니다. 한국의 먹거리 씨앗을 지켜야겠습니다. 유럽인들이 유전자가 변형된 먹거리를 받아들이지 않는 것처럼 한국도 자신들의 미래를 위해 눈앞의 이익은 좀 포기할 줄 알았으면 좋겠습니다. 정책적으로 되지 않는다면 서민들이 깨어 있어야지요.

우리나라는 일본의 방사능 폐기물 수입국 1위, 유전자 변형 먹거리 수입국 1위입니다. 자살율 1위가 그에 따른 부작용이라는 연구 발표도 있었습니다. 국가가 보호해주지 못하면 스스로 지켜나가는 방법을 터득해야 합니다. 씨앗을 보호하시기 바랍니다. 모두 씨앗을 애지중지하세요. 당장 농사를 짓지 않아도 씨앗을 잘 보관하면 정권이 바뀐 뒤에는 뭔가 다른 방법이 나올지도 모르니까요. 좀 예민한 반응 같겠지만 해외에서 보는 한국은 그만큼 아슬아슬하기 때문입니다.

열한 번째 이야기

대충의 달인

난 대강대강 대충대충의 달인입니다. 음식을 할 때 레시피를 써본 적이 한번도 없습니다. 대충 보고 대강 만들면서 살아왔습니다. 어린 초등학교 6학년에서 중학교 3학년까지 나의 빵 만들기로 시작된 어림짐작은 많이 빗나가기도 했고 성공을 거둔 적도 있었지만 성공했던 빵을 다시 만들 수는 없었습니다. 순간적으로 떠오른 방법을 쓰고 난 뒤에는 그만 기억 속에서 지워져버리니까요.

재료는 밀가루, 당원, 베이킹파우더가 전부입니다. 밀가루에 당원도 적당, 베이킹파우더도 적당히 넣어 반죽을 시작하는데 물을 왕창 한꺼번에 넣어도 안 되고 조금씩 넣어도 잘 안 섞입니다. 재료가 시원치 않으니 반죽할 때 어설픈 재료라도 적당히 넣어야 빵이 맛있습니다. 아무리 생각해도 생각대로 빵이 되지 않았던 적은 있지만 실패했던 적은 없었던 것 같습니다. 반죽이 적당히 되면 찌고, 무르면 프라이팬에다 굽는 임기응변식 빵 만들기였으니까요. 빵이 맛있다기보다 허기가 모든 먹거리의 맛을 결정하던 때였습니다. 흑설탕이 있는 날은 지금의 파이처럼 밑에 밀가루 반죽을 납작하게 넓게 깔고 그 위에 흑설탕을 뿌린 뒤 그 위에 또 다른 반죽을 얇게 펴서 덮었습니다. 테두리는 설탕이 새지 않게 꼭꼭 여며주고 젓가락으로 구멍을 쏭쏭쏭 내고 쪘습니다. 이렇게 간단한 재료로 매일 반죽을 했는데 그 시간은 오후 4시에서 7시 사이였을 것입니다. 학교 갔다 온 후였으니까요. 오빠와 난 네 살 터울입니다. 오빠의 친구들을 볼 때 마다 난 수줍은 아이가 될 수밖에 없는 나이였습니다. 우리 집에서 50미터 정도 떨어진 거리에 살던 정재 오빠라고 있었습니다. 이 오빠가 우리 집을 자주 드나들었는데 드나든 시간이 내가 반죽하는 시간과 어찌 그리 딱 들어맞았는지 아주 속이 상했습니다. 빵 만드는 모습이 어떻다고 그 모습을 그리 보이기 싫어했을까요. 그러나 먹을 것을 만드는 확실한 일을 알 수 없는 감정과 바꿀 수는 없었습니다. 난 부끄럽고 수줍어도 줄기차게 빵을 만들었습니다.

어느 날 오빠가 내게 말합니다. 정재 오빠가 "희주는 왜 반죽만 만날 하냐?"고 물어봤다는 것입니다. 내 빵도 적잖이 얻어먹었을 오빠 친구의 그 물음이 내 4년간의 빵 만들기를 중단시켰습니다. 그 당시 나의 별명은 '반죽소녀'였습니다.

음식을 만들 때 레시피를 보는 것을 싫어하는 나는 나이 들어서도 여전합니다. 교회 성도들이 나누는 친교를 자주 하는데 이름도 정체도 없는 음식을 종종 내놓습니다. 지난주에는 닭가슴살, 양배추, 양파, 파란콩, 옥수수, 브로콜리에 마늘 가루를 넣고 소금 간하여 푹푹 끓이고 감자 가루와 달걀 푼 것을 넣어 걸죽하게 만들었습니다. 맛있다고 이 음식의 이름을 물어보시지만 이름은 없습니다. 그런데 중요한 비밀 하나는 굵은 소금으로 간을 한다는 것입니다. 뭔가 정제되지 않은 듯한 재료를 넣는 것은 내가 빵을 만드는 것으로 음식을 시작한 이후 생긴 특별한 비법 같은 것입니다. 그것은 내 기억 속의 흑백필름을 츠르르 빼내어서 음식에 뿌려 넣는 그런 의식 같은 것이지요. 정히 투박한 무엇을 할 수 없다면 칼질이라도 투박하게 하는 일종의 습관이 된 것입니다. 투박함 속에 깃든 다정하고 따뜻한 음식은 그 옛날 가난했던 시대의 먹거리와 비슷합니다. 이민 와서 느닷없이 멸치젓의 건더기를 다져 파와 고추, 마늘, 참기름을 넣고 양념한 후 찐 호박잎으로 쌈을 싸 먹고 싶어 견딜 수가 없는 것입니다. 난 미국 마켓에서 멸치 캔을 발견했습니다. 'anchovy', 이걸 어느 나라 사람이 먹는지 알 수 없지만 있었습니다. 재래 시장에서 산 멸치젓과는 너무 다른 것이었지만 한번 먹어보기로 했지요. 그리고 호박잎은 'turnip'라고 넙적한 잎이 마켓에 있었는데 만져보니 살짝 삶아서 쌈을 먹어도 괜찮을 것 같았습니다. 미국 멸치젓을 곁들인 짝퉁 쌈을 뉘엿한 해를 등에 지고 먹는 이른 저녁, 난 이제 이국에서 사는 법을 제대로 익힌 사람이 되어가고 있었습니다.

가난한 어린 시절과 가난한 결혼 생활로 나는 검소하게 사는 것이 체질화된 사람입니다. 난 미국의 주립대학 식당에서 일을 합니다. 늘 음식 만드는 것을 좋아했던 터라 아주 익숙한 직업이긴 합니다. 나의 직장에는 풍부한 재료가 넘쳐납니다. 워낙 대량으로 음식을 만드는 곳이니 점 조직처럼 각각 몇몇의 조가 움직여서 음식을 만듭니다. 내가 다니는 곳은 미국에서 가장 음식 서비스가 좋은 곳으로 뽑힌 곳입니다. 이곳에서 난 나의 내면과 늘 갈등합니다. 음식 문화가 다른 풍요로운 시대를 사는 사람들이 만든 시스템과 빈곤한 나라에서 건너온 이들의 교육 부재가 뭉뚱그려져서 재료의 손실을 눈 뜨고 보기만 해야 하는 것입니다. 한 예로 파의 하얀 부분은 맵지요. 그 부분을 다 잘라버립니다. 배추의 겉잎은 다 벗겨내버립니다. 난 파의 하얀 부분을 버리지 못하고 쩔쩔매다가 할 수 없이 버리고 배추 겉잎도 이리 저리 만지작거리다가 버립니다. 파를 넣고 국을 끓이면, 배추 겉잎을 삶아 저장해놓으면 얼마나 훌륭한 음식이 되겠습니까. 그곳에서는 어떤 것도 밖으로 내오지 못하니 그냥 버릴 밖에 도리가 없습니다. 그곳에서 일한 지 1년이 넘으니 약간 간이 커져서 종종 파뿌리를 가져오기도 합니다. 물에 담아놓으면 두어 번 잘라먹을 수 있습니다. 오늘은 날이 풀려 파뿌리를 땅에 묻었습니다. 그들이 버리는 것이지만 먹을 수 있는 모든 재료로 음식을 만들어내는 레시피가 미국 문화권에서 받아들여지기만 한다면 얼마나 좋겠습니까. 그곳의 규율대로라면 난 도둑질을 한 것이고 규칙을 위반한 사람입니다. 앞으로 나의 목표는 버리는 재료로 새로운 음식을 개발하는 사람이 되어보는 것입니다. 또 영어가 문제이긴 합니다만 두고두고 생각하며 정리하겠습니다. 예전의 반죽소녀의 내공을 발휘해야지요.

열두 번째 이야기

성장통

아름다운 추억을 가졌다는 것은 엄청난 축복입니다. 난 지금까지 이 축복에서 제외된 듯 살았습니다. 1960년대에 유년 시절을 보낸 이들은 누구나 가난했습니다. 사춘기 때는 알 수 없이 우울한 날을 보냈는데 그중 한 가지 이유는 장래에 대하여 생각할 여지 없이 정해진 길을 가야 한다는 것이었습니다. 친구들도 별로 없었고 다락방이나 장독대 위가 내가 노는 주무대였습니다. 청춘은 참 가관도 아니었고 결혼 이후 지금까지도 노동에 허덕대며 살고 있습니다. 나이 든다는 것이 참 좋습니다. 2011년도와 2012년도에는 기억이 처음 시작된 시점으로 거슬러 올라가 어린 시절의 삼삼한 추억을 더듬으며 시를 써보았습니다.

모든 예술가들은 자신에게 상처를 내며 창작을 위한 에너지를 불러오는 사람도 있고 자신의 상처를 치료하며 부르는 노래가 그림이 되고 글이 되는 사람도 있습니다. 난 후자의 경우입니다. 시를 쓰다 보니 세상에 그렇게 많은 추억이 있었다니요. 그걸 깨닫고 나니 지금의 어려움도 곧 아름다운 추억이 될 것이기 때문에 우울할 새가 없이 무조건 행복하게 보내야 한다는 것을 알게 되었습니다. 우리에게 주어진 시간은 그다지 길지 않기 때문입니다. 우울은 우울한 그대로 남겨두고 서로 어울리며 사랑하며 비록 상대가 나와 달라도 그것마저 즐거운 상황으로 만들어 내는 힘을 키워야 한다는 것을 안 것입니다. 마음에서 이루어지는 일들의 과정은 참 지난하고 고됩니다. 그 과정을 도와주는 것이 세월이지요. 참 고마운 세월입니다.

아름다운 추억을 더듬는데 빵에 관한 것, 먹거리에 관한 것이 가장 많이 떠올랐습니다. 먹거리가 아니었다면 그리 생생하지 않았을 것입니다. 내 빵에 달걀이 들어가기 시작한 시점은 빵을 만들기 시작한 후 한참이 지나서였습니다. 단백질 섭취가 부족한 성장기에 지금의 흔한 달걀이라도 먹을 수 있었다면 나의 성장통은 좀 덜 심했을지도 모릅니다. 정강이뼈, 꼬리뼈, 등뼈가 번갈아가면서 아파서 많이 힘들었습니다. 정강이뼈 아플 때는 재래식 화장실 가는 것이 가장 고통스러운 일이었습니다. 쪼그리고 앉지 못해서 엉거주춤 서서 볼 일을 봤으니까요. 병원도 가지 못했고 엄마가 침 맞는 침술원을 한 번 데리고 간 후 어린 나는 침을 맞으러 혼자 다녔습니다. 그 달걀, 그 귀한 달걀은 소풍 갈 때만 엄마가 두 개씩 삶아 넣어주셨습니다. 난 소풍 장소에 도착하기도 전에 운동장에서 홀떡 다 까 먹어버렸던 기억이 있습니다. 엄마의 숨 돌리기가 좀 나아진 시점과 달걀의 대량 생산이 가능한 시점이 맞물려 난 달걀을 두 알씩 빵에 넣을 수 있었습니다. 달걀이 들어간 빵은 지금까지 먹던 것과는 확실히 차별화가 되었습니다. 엄마가 무언의 지원을 시작해서 난 밀가루와 달걀 등등의 기초 재료는 늘 확보해놓을 수 있었습니다. 그렇게라도 먹거리를 스스로 해결하고 다른 형제들도 그 때문에 좋아하니 엄마는 내심 마음 한켠이 편하셨을 것입니다. 음식이 음식만으로 존재하지 않고 추억과 함께 존재한다는 것을 난 글을 쓰며 알았습니다. 나와 밥상을 제일 많이 같이하고 또 계속 할 사람은 물론 남편이겠지만 나에게 밥상을 가장 많이 차려준 이는 엄마입니다. 내가 밥상을 가장 많이 차려준 이는 자식들이겠지요. 밥상을 함께하는 횟수만큼 사람과의 다정이 깊어져서 끈끈해지는 것이지요. 음식이 넘치는 사회가 되어서 굳이 영양을 따지지 않고 대충 해 먹기만 해도 영양 과잉인 시대를 살고 있습니다.

추억의 힘은 아직도 달걀 두 알도 제대로 못 먹는 아이들과 밥상을 함께한 횟수에 따라 친근함의 깊이가 달라지는 것을 늘 함께 기억하게 합니다. 내가 아무리 힘들어도 밥상을 위해 최선을 다하는 이유입니다.

오늘은 가슴 아픈 뉴스를 들었습니다. 또 아이를 학대하여 죽음에 이르게 한 사건입니다. 아무리 풍요의 시대를 산다고 하지만 소외 계층은 늘 있게 마련입니다. 무엇이 사람이 가지고 있는 악한 심성을 밖으로 이끌어내느냐를 설명하는 이론 중에는 심리학적 이론, 생물학적 이론, 사회학적 이론 등이 있습니다. 심리학적 이론은 근본적으로 타고난 성격에 근거합니다. 생물학적 이론은 타고난 뇌의 형태에 따라 범죄 심리가 발달한다고 봅니다. 사회학적 이론은 사회구조와 사회생활 과정으로 범죄자가 될 확률이 높은 사람을 구분합니다. 그 어떤 것도 완전하게 설명하지 못합니다. 난 사회학적 이론이 현재의 사회를 설명하는데 훨씬 설득력이 있다고 생각합니다. 심리학과 생물학적 이론은 의학의 발달로 어느 정도 치료 가능하니까요. 사회구조에서 범죄를 일으킬 수 있는 소외 계층은 자신들보다 더 약한 이들을 향해 범죄적 심리를 드러냅니다. 소외 계층은 경제, 사회, 문화를 통틀어 소통에서 소외된 사람들이라 말하고 싶습니다. 요즘 들어서 이런 사건이 너무도 빈번하게 나옵니다. 울산

아동 학대 사건, 경기도 광주에서 있었던 두 딸에 대한 학대 사건, 대구에서 자녀 네 명을 학대한 사건, 부천에서 생후 3개월 된 아기 학대 사건이 있었습니다. 오늘은 경기도 평택에서 있었던 신원영이라는 사내아이가 계모의 학대로 죽고 그 죽음이 친부에 의해 은폐된 사건이 전파를 타고 미국에 있는 내게도 전달되었습니다. 친부와 계모는 어떤 소외 계층에 속해 있어서 어린 아이를 그렇게 학대할 수 있는 괴물로 변하게 되었는지 모르겠으나 우리가 가장 약한 아이들을 보호하기 위해서는 어떤 형태로든 소외되어 괴물로 변하고 있는 알 수 없는 불특정 다수를 위해 이 사회를 변화시켜야겠지요. 캄캄합니다. 인류 사회가 유지되는 동안은 이런 일은 지속적으로 일어날 것입니다. 그럼에도 우리는 포기하지 않고 모든 것을 동원하여 가장 약한 아이들을 보호하는 일에 최선을 다해야 할 것입니다. 미국 사회는 사람들을 다 개개인으로 봅니다. 가족 단위로 보지 않고 개개인으로 봅니다. 아이들을 모든 사회적 시스템에서 살펴보며 가족 간에 문제가 있으면 가족에게서 아이를 격리시키는 일이 보편화되어 있습니다. 가족의 문제로 취급하면 발생된 문제가 공공연하게 덮어지는 경우가 너무도 많습니다. 물론 그렇게 덮다가 그 상처가 치유되기도 합니다만 열 가지 경우의 수 중 아홉을 위해 하나를 희생할 수는 없습니다. 또한 아홉이라는 경우의 수는 학대를 대물림하여 소외와 학대를 반복하다가 어느 순간 범죄의 선을 넘게 되는 것입니다. 그 희생은 늘 가장 약한 아이를 죽음에 이르게 하는 것이 됩니다. 아동 학대 사건들을 보면 가장 먼저 학대하는 방법으로 밥을 제대로 주지 않는 것에서부터 시작합니다. 아이들은 배고픔을 견디기 위해 학대자가 싫어하는 행동을 하게 되고 그것을 빌미로 폭행을 받게 됩니다. 밥은 인간 생존의 첫 번째가 되는 것입니다. 그것을 학대의 도구로 삼았다는 것은 인간이기를 포기했을 때 나올 수 있는 행동입니다. 아이들을 체벌할 때 일상으로 "밥도 주지 마!"라고 말합니다. 그 말이 얼마나 위험한 말입니까. 학대자와 피학대자가 범죄의 선을 언제든지 넘을 수 있는 경계에 놓이게 되는 말인 것입니다. 누군가와 함께하는 밥상은 우리 사회를 건강하게 하는 첫 번째 요건입니다. 어떤 경우에든 밥은 함께 나누면서 살아야 합니다. 괴물의 모습이 되기 직전에 놓인 이들이라도 내재되어 있는 폭력성을 참고 밥만 함께 나눈다면 분명 밝은 미래를 자신의 것으로 할 수 있습니다. 밥상에 대한 추억이 많은 사람은 절대로 나쁜 사람이 될 수 없습니다. "밥 한번 같이 먹자"라는 인사에 담긴 의미는 크게 보면 인류 연대의 가장 기초적인 끈입니다. 오늘도 밥상을 차리기 위해 시장을 보는 모든 어머니들에게 희망을 겁니다. 가족과 함께, 이웃과 함께 나누는 검소한 밥상은 모든 범죄 심리를 활동하지 못하도록 결박하는 힘의 근원입니다.

열세 번째 이야기

잘해도 그만, 못해도 그만

난 친구가 많지 않았으나 오래 그리고 깊게 사귀는 편입니다. 친구 관계가 넓어지기 시작한 것은 동네 교회를 다니면서부터였습니다. 그때의 친구들과는 지금도 연락을 하고 지냅니다. 문명의 발달이 인연을 계속 이어주는 역할을 해주고 있어서 가만 있어도 그저 소식이 들려옵니다. 잊혀지거나 잃어버린 줄 알았던 친구를 찾는 일은 감격스러운 일입니다. 이 친구들이 지금도 하는 말이 있습니다. "네가 빵 만들어줬었어" 혹은 "네가 부침개 해줬어"라는 말입니다. 난 어릴 적부터 이렇게 누군가를 먹여야 맘이 좋아지는 사람인 모양입니다. 내가 빵 만드는 일에서 그치지 않고 부침개를 시작한 것을 기억나게 해준 것은 피아노 잘 치는 친구의 말이었습니다. "빵을 해줬지 내가 부침개를 해줬나?" 라고 물으니 악착같이 부침개를 해주었다고 합니다. 내가 부침개를 해줬다면 김치부침개였을 것입니다. 그것밖에 재료가 없었으니 말입니다. 다른 반찬을 할 수 없었던 엄마는 오이지와 김장만큼은 넉넉히 하셨습니다. 두 접 혹은 두 접 반, 한 접이 100포기인 것으로 알고 있습니다. 산처럼 부려놓은 배추를 보면 엄청난 부자가 된 기분이었습니다. 대문 앞에 부려놓은 배추를 안으로 옮기는 일만 조금 거들던 나는 한 가지 결심을 합니다. 김치 담그는 엄마에게 배추와 양념을 조금 나눠주시고 아무런 참견을 하지 말라는 부탁을 하고는 김치 만들기에 도전했습니다. 아마도 내가 빵을 만들다가 김치부침개를 했다면 김치를 담근 그 시점이 아닐까 생각합니다. 아마 자랑을 하고 싶었을 겁니다. 그 당시에 내가 알고 있는 부침개는 김치, 호박, 부추가 전부였습니다. 명절에 먹던 포 뜬 생선과 동그랑땡은 흉내 낼 수 없는 것이지요. 호박이나 부추도 엄마가 장을 본 뒤에나 있을 법한 재료니 내게 있는 재료는 김치밖에 없었을 것입니다. 요즘은 아무리 당시의 김치부침개 맛을 내려고 해도 잘되지 않습니다. 그 이유는 대량으로 김치를 담가 마당을 파고 묻은 후 오래오래 추운 곳에서 삭은 김치 맛을 지금은 낼 수 없기 때문일 것입니다. 그래도 어느 정도 김치가 익으면 부침개를 할 수 있는지를 알고 있으니

냉장고에 넣어둔 김치로도 대강의 맛을 낼 수는 있습니다만 그 때의 톡 쏘는 듯 삭은 맛은 이제 맛볼 수 없을 것입니다. 내가 시집을 왔을 때 경상도 분인 어머님은 엄청난 종류의 부침개를 만들었습니다. 무를 통째로 얇게 썰어서 살짝 익힌 후 밀가루 입혀서 프라이팬에 부치기. 가지를 같은 방법으로 하기. 다시마 물에 담갔다가 살짝 뜨거운 물에 담갔다가 또 같은 방법으로 부치기. 배추 퍼런 잎도 요렇게 부치기. 미나리도 부침개할 수 있고 당근도 부침개할 수 있고 뭐든 다 부쳐버리는 것이었습니다. 동그랑땡과 생선포를 달걀 입혀 부친 부침개는 명절날 제사상에나 오르는 차별화된 부침개입니다. 이 귀한 부침개를 오며 가며 슬쩍슬쩍 훔쳐 집어 먹었습니다. 아무 채소나 다 부쳐버리는 것은 기름 냄새를 그리워하던 이들에게 배부르게 먹을 수 있게 하는 더욱 중요한 역할을 합니다. 요즘 나의 부침개는 새우 갈아서 반죽에 넣고 각종 야채를 넣어 부치는 호사스런 것으로 장족의 발전을 했습니다. 밀가루 대신 양념이 가미된 부침가루를 넣어 부침을 하면 어린 시절에 먹던 그 부침개와 어디 비교나 할 수 있겠습니까? 그러나 어린 시절, 성장기의 왕성한 입맛이 기억하는 엉성한 부침개의 맛은 이제 다시는 맛볼 수 없을 것입니다. 사람이 나이가 들기 시작하면 스무 살 이전의 기억은 더욱 생생해지고 그 이후의 기억은 흐릿해지는 것입니다. 얼마 전에는 감자버

무리를 했는데 남편과 나는 맛있다고 먹고 아이들은 손도 대지 않습니다. 여타한 재료 없이 찐 감자와 밀가루만 더글더글 반죽해서 쪄 먹는 것이지요. 더 먼 훗날에는 음식 솜씨와는 상관없이 기억을 먹는 날이 오기도 할 것입니다.

먹거리를 준비하면서 과하지 않게 그러나 모자라지도 않게 준비하는 습관은 함께 사는 사회라고 인식하는 사람들이라면 모두 갖고 있어야 합니다. 한국의 오락 프로를 많이 보지는 않지만 인터넷이 발달되어 있으니 어떤 프로가 있는지 정도는 압니다. 먹는 것을 방영하는 프로를 몇 번 보았는데 나처럼 거대한 수도원에서 사는 듯 외진 곳에서 사는 사람은 낯설기 그지없습니다. 먹는 즐거움이 정말 좋은 것은 알지만 먹을거리가 너무 지천으로 있는 것을 보면 난 죄책감부터 듭니다. 아직도 세계의 구석구석에는 식량난으로 허덕이는 이들이 있기 때문입니다. 한 민족인 북한의 식량난도 우리는 너무도 많이 알고 있습니다. 배고파 굶어 죽어가고 있는 사람 앞에서 배 터지도록 먹고 '배불러 죽겠다'라는 말을 합니다. 서민들이야 식량 공급이 어떻게 돌아가는지 알 수 없이 그저 눈앞의 음식을 즐기는 것이지만 우리가 알 수 없는 저 꼭대기의 사람들은 어떤 생각으로 수없이 많은 사람이 죽게 되는 법을 자신 또는 자국의 이익에 따라 바꾸게 되는 것일까요? 국제통화기금(IMF)과 세계은행(World Bank)

이 식량난에 허덕이는 아프리카와 남미 지역에 수익률이 좋은 카카오와 커피 재배를 권하여 아프리카의 식량난은 이후 더 심해졌습니다. 이미 부유한 나라들이 가난한 나라의 농토를 부의 축적을 위해 이런저런 법으로 자유롭게 넘나들지만 않는다면 기아에 허덕이고 있는 나라들은 진즉에 기아를 모면했을지도 모릅니다. 우리 속담에 '아홉 섬 추수한 사람이 한 섬 추수한 자의 것을 빼어 열 섬을 채운다'라는 말이 있습니다. 또한 배도 채우지 못하여 죽어가는 사람들이 옆에 있음에도 더 맛있는 것을 먹으려는 욕망이 고기 식품을 발달시킨 것도 식량난의 주범 중 하나입니다. 소고기 한 점을 만들기 위해 식물성 곡물이 소비되는 양을 보면 우리가 육식을 조금만 줄여도 저 멀리에서 굶고 있는 이들의 배고픔을 해결할 수 있을 것 입니다. 100그램의 곡물로 5그램의 고기를 만들어냅니다. 인류가 자연이 주는 식량 공급의 원리만 선한 마음으로 따라도 이 땅은 평화로울 것입니다. 개인의 의식 변화는 아무리 노력을 해도 세상을 움직이는 틀 안에 들어오면 너무 무기력해지는 것을 극복한 후에나 이루어집니다. 저 위에서 시장의 흐름을 좌지우지하는 사람들의 의식이 변하지 않으면 아무 소용이 없을 것 같은 무기력한 마음을 뛰어넘어야 합니다. 의식을 변화시키는 노력은 아주 느리게라도 꼭 좋은 결과를 줄 것이라는 아날로그적인 희망을 품습니다.

우리가 할 수 있는 일은 검소한 식단과 고기의 양을 식탁에서 조금씩 줄여가는 것에서부터 시작이니까요. 먹을 것이 부족했던 오래전의 추억들을 불러내봅니다. 약간의 연한 파스텔톤의 그림들이 쏟아져 나오는 초저녁 수수꽃다리의 향은 귀했던 갈치조림 냄새와 어울려 가장 행복했던 시간으로 기억됩니다. 이러한 기억들이 아직도 그리고 앞으로도 내내 살아 움직이면 세상은 살짝 동화 같을 것입니다.

열네 번째 이야기

밤참 기억

빵에 대한 첫 번째 기억은 내가 서너 살 되었을 때로 거슬러 올라갑니다. 마석에서 살 때입니다. 큰언니부터 셋째 언니까지는 학교를 다니고 있었습니다. 그때 급식으로 주던 옥수수빵이 있었습니다. 빵 만드는 기술이 발달되지 않았던 때라 건드리기만 해도 부서지는 노란 옥수수 빵을 어느 형제가 어떤 요량으로 덤으로 얻어왔는지는 알 수 없으나 그 맛을 기억합니다. 서너 살 때의 기억은 아주 충격적인 것만 남아 있는데 나에게 옥수수빵의 기억은 세상에서 처음 맛보는 그런 충격적인 맛이었던 모양입니다. 가로 10센티미터 세로 5센티미터 정도 되는 그 빵의 모양과 맛을 기억합니다. 그 뒤로는 소다로 크게 부풀린 흰 빵을 언니들이 갖고 왔는데 그 빵의 맛은 별로였습니다. 내가 학교를 다니게 되었을 무렵에는 제법 그럴듯한 빵들이 나왔습니다.

경찰이었던 아버지가 1960년대 후반, 부동산 바람이 불면서 집장사를 한다고 서울로 오셨지만 집안 형편은 별로 나아지지 않았습니다. 어린 시절의 기억은 이사를 많이 다녔고, 늘 맛있는 것에 집착을 했고, 아버지의 자식 사랑은 유별나리만큼 각별했던 그 세 가지 기억이 엉켜 있습니다. 요즘은 엄마들이 자식들에게 좋은 것 먼저 먹이고 남편은 뒷전이지만 그때는 맛있는 것은 아버지 앞에 놓고 아버지가 다 드신 후 남긴 것을 자식들이 먹었습니다. 학교도 들어가기 전이었습니다. 밥상에는 된장찌개가 놓여 있었습니다. 된장찌개 속에 고기 건더기가 있어 "고기닷!" 하고 버릇없이 그것을 먼저 집어 들었지만 그것은 고기가 아니고 풀리지 않은 된장 덩어리였던 것입니다. 어린 나이에 예의를 차릴 겨를 없이 본능적으로 고기를 외친 나는 정말 끔찍하게 민망하고 창피했습니다. 그 장면이 생생합니다. 그때 고기는 명절에만 조금 맛보는 정도였으니 한참 크던 아이는 눈이 뒤집혀 고기를 외친 것입니다. 어느 날 갑자기 호사를 하는 날도 있었습니다. 아버지는 낭만을 아시는 분이었습니다. 어려운 살림에도 가끔 툭 호기를 부리시는 날이 있었습니다. 그것은 밤참을 느닷없이 해 먹는 일이었는데 예전에는 묵 장사들이 밤새 "메밀무욱, 찹쌀떠억!"을 외치고 다녔습니다. 김치를 방 안에서 볶으며 메밀묵을 먹는 재미는 그 늦은 밤을 행복하게 해주었습니다. 늦은 밤 고물고물한 아이들과 엄마 그리고 내 영원한 젊은 아버지가 둘러앉은 그 풍경은 내 생에 가장 따뜻하고 행복한 순간이었습니다. 그 행복한 밤참을 더 이상 먹을 수 없는 사건이 터졌는데 그것은 바로 메밀묵에서 담배꽁초가 나온 것이었습니다. 나의 행복한 추억에 재를 뿌렸던 그자는 도대체 어떻게 생겨 먹었을까요? 그도 생계를 위해 힘들게 묵을 쑤는 한 가장이었을 것입니다. 위생 감각이라고는 조금도 없는 가엾은 가장이었을 것입니다.

오늘은 딸아이가 아픕니다. 감기 때문에 배가 아픈지, 배가 아파서 몸살이 난 것인지 모르겠으나 한껏 어리광을 부리는 딸에게 꿀물을 호호 불어서 떠 먹여주고 나만 한 딸아이를 끌어안고 한참을 주물러줍니다. 오늘 저녁은 소고기를 살짝 구워서 참기름 찍어 먹여야겠습니다. 모든 행동은 자신의 기억에서 시작됩니다. 소고기를 먹으면 배 아픈 것이 낫는 나는 어린 딸도 그럴 것이라는 신념을 갖습니다. 아이는 소고기를 먹고 이제 나을 것입니다.

어떤 단어를 보면 연상 작용이 일어나 자잘한 사건들이 꼬물 꼬물 서로의 꼬리를 물고 기억 속에서 기어나옵니다. 나에게 있어 '빵'이라는 말은 가장 본능에 충실할 수밖에 없었던 시절에 맛보았던 낭패감, 행복감 때문에 기억된 것들이 많습니다. 낭패감을 극복하기 위해 행복한 먹거리를 스스로 해결하게 된 것일지도 모릅니다. 음식은 늘 남는 것을 전제로 풍성하게 해야 한다는 생각을 했던 적도 있습니다. 식량에 대한 생각이 나에게만 갇혀 있으면 무조건 많은 것이 좋습니다. 무엇이든 많을 때는 서로 도우며 생존을 위한 협동 체계가 무너지는 것을 보게 됩니다. 그저 많은 것을 소비하고 버리며 또 다른 풍요를 찾아 달리는 욕망만이 남게 됩니다. 부족한 시대의 부작용과 풍요한 시대의 부작용은 너무 다른 모습입니다. 부족한 시대의 부작용은 사람의 힘으로 극복할 수 있는 것들이지만 풍요 시대의 부작용은 우리가 손쓰기도 전에 너무 빠른 속도로 다른 부작용을 재생산합니다. 그 속도를 따라잡을 수 없는 것입니다. 사람은 자신의 욕망을 축적하기 위해 다른 데서 뺏어 오는 것을 합법화하는 것에 혈안이 되어 있고 이 욕망은 이제 디지털 문명과 교미를 시작했습니다. 자연이 보내주는 아날로그적인 모든 신호 대신 사람이 따라잡을 수 없는 문명은 생활뿐만이 아니라 감성에도 영향을 미치고 있습니다. 모두 잘 지켜내시기 바랍니다. 우리가 살았던 아날로그적 추억들을…….

기억이 풍기는 봄밤

열다섯 번째 이야기

꿈꾸는 드라마

내가 만든 빵은 아무리 애를 쓰며 갖은 재주를 다 부려 만들어도 볼품없었습니다. 형제들이 다 잘 먹어주어서 반죽을 할 때면 으쓱으쓱했었습니다. 그러나 그 으쓱거림을 단 한 방에 날려버리는 형제가 한 명 있었습니다. 다른 언니들은 왜 먹거리에 관심이 없었는지 모르겠지만 둘째 언니는 내 눈에 프로페셔널 같아 보였습니다. 언니하고 나하고 여덟 살 차이가 나니 언니가 가끔 만드는 찐빵은 나와 비교할 수 없는 것이 당연합니다. 찐빵가게에서 만드는 것보다 훨씬 맛있었습니다. 은근히 언니와 경쟁 구도를 갖기 시작한 나는 빵 만들기에 분발할 수밖에 없었습니다. 난 빵을 매일 만들며 연구했습니다. 언니는 그때 연애를 하고 있었는데 그 둘 사이에서 오는 파급효과가 성장기의 나에게는 대단한 것이었습니다. 트랜지스터 라디오로 〈사슴 아가씨〉란 연속극을 장독대에서 들었습니다. 주제가를 아직도 기억합니다. "어디로 가나. 어디로 갈까. 길을 잃고 헤메는 사슴 한 마리 네온사인 반짝이는 갈림길에서 밤하늘에 빛나는 별을 보며 잊었던 길을 찾아서 가네." 라디오만을 듣던 내게 언니의 주황색 야외 전축 구입은 파격적인 생활 변화를 가져왔습니다. 주황색의 야외 전축에서 흘러나오는 존 바이스의 노래와 헨리 닐슨의 노래는 사춘기 소녀의 감성을 소용돌이치게 해주었습니다. 감성의 폭도 업그레이드시켜주었습니다. 난 학교 갔다 와서 다락방으로 올라가 햇빛 속에서 춤을 추는 먼지들과 약간의 곰팡이 냄새를 즐겁게 맡으며 그 노래들을 들었습니다. 이후로 세계 명작집 문고판을 구입한 언니 때문에 난 일찍이 정신적인 허영만으로 뜻도 알 수 없는 그 책들을 읽기 시작했습니다.

남녀공학 중학교를 다니던 나에게도 첫사랑이 찾아왔습니다. 초등학교 때부터 노래를 잘한 나는 중학교 때도 합창반을 했었습니다. 중학교 남자아이들은 변성기 때문에 합창반이 없었고 고등학교에는 합창반이 있었습니다. 내 운명의 첫사랑은 고등학교 합창반이었던 얼굴이 창백하여 모성애를 자극하는 스타일의 남학생이었습니다. 이 오빠는 중창단원이었는데 그 때 고등학교의 중창단은 여학생들의 우상들이었습니다. 그 때 내 짝이었던 노래를 전교에서 제일 잘하던 친구도 중창단의 다른 오빠를 좋아했었는데 이 오빠는 얼굴이 몹시 까무잡잡했습니다. 우린 유치하게도 내가 좋아하는 오빠는 흰떡, 그 애가 좋아하던 오빠는 연탄이라고 불렀습니다. 운동장을 같이 써서 가끔 창문 밑으로 그 오빠가 지나가면 친구들은 "희주야야아아아~" 하고 불렀습니다. 어린 나이에도 이름부터 각인시켜놓고 보자는 심산이 있었던 것입니다. 중학교 남학생들은 안중에도 없었습니다. 그때 난 한눈에 반한 그 오빠 때문에 이불을 뒤집어쓰고 뛰는 심장을 어쩔 줄 몰라 했습니다. 그렇게 두세 시간을 이불 뒤집어쓰고 가슴을 진정시키고 있었는데 거울을 보니 입이 부르터 있었습니다. 정말 정열적인 사춘기 소녀였습니다. 그때부터 나의 시 쓰기가 시작되었습니다. 늘 손으로 뭘 만드는 것으로는 비교도 안 되는 내가 둘째 언니에게 경쟁심을 갖고 있었던 때라 나의 시 첫 소절은 이렇게 시작되었습니다. "나의 사랑은 참사랑이네." 은근히 언니의 사랑보다 나의 사랑이 더 순수하다는 말도 안 되는 문장을 그럴듯하다고 여기면서 쓴 것입니다. 그러나 언니의 사랑도 나의 짝사랑도 다 지나갔습니다. 우스운 것은 언니는 뉴질랜드에서 식당을, 나는 미국에서 식당을 했다는 것입니다. 운명은 타고난 성격으로 좌우 된다더니 뭘 만들기 좋아하던 우리는 이렇게 식당 아줌마로 중년을 보내고 있습니다. 언니와 내가 다시 빵 만들기를 하며 경쟁할 수 있을까요? 언니에게 언젠가는 꼭 찐빵을 해달라고 해야겠습니다. 바다를 건너 서로서로 모여 빵을 해 먹을 수 있는 날이 있었으면 좋겠습니다.

내가 일하는 곳은 미국 매사추세츠 주립대학의 외국인 학생을 위한 식당입니다. 그곳에는 한국, 중국, 일본, 인도, 베트남의 음식을 학생들에게 제공합니다. 금요일은 중국 음식을 하는 곳에서 '딤섬'이라는 스페셜 음식을 합니다. 대량으로 공장에서 만들어진 중국 만두와 찐빵을 오전 내내 쪄냅니다. 난 찐빵과 만두를 먹습니다. 그 예전의 맛은 잊어버렸습니다. 둘째 언니가 이스트를 넣은 찐빵 반죽을 이불 속에 넣어두고 부풀어 오르기를 기다리는 동안에 실 뜨개를 하는 모습을 생각해봅니다. 식당에서 찐빵을 한입 베어물면 그 시절의 기억들이 햇빛 속에서 알갱이 알갱이 살아납니다. 매사추세츠 주립대학의 공장 같은 식당에서 대량으로 제공되는 찐빵을 먹으며 점심시간이면 까맣게 몰려오는 학생들을 바라보고 있는 이 풍경을 훗날의 나는 어떤 모습으로 기억하고 있게 될까요. 밭에 앉아 풀이나 뽑아주다가 저물녘에 댄스 음악 하나 틀어놓고 엉덩이 들썩이며 기억했으면 좋겠습니다. 된장찌개나 끓일 요량으로 숟가락과 그릇 하나를 들고 나와 장독대로 걸어가다 칩멍크를 만나면 몰래 다가가 발을 구르며 쫓는 시늉을 하는 장난스러운 모습이 되어 오늘을 기억하고 있었으면 좋겠습니다.

열여섯 번째 이야기

즐거운
첫사랑

중고등학교를 통틀어서 나의 비행은 세 가지로 압축됩니다. 한 가지는 빈번하게 저지르던 것이었고 두 가지는 딱 한 번에 그쳤습니다.

1970년대에는 분식집, 빵집 등에 가면 안 되는 교칙이 있었습니다. 이런 말도 안 되는 교칙을 지키는 아이들이 몇 퍼센트였는지 알 수 없으나 난 그중의 한 아이었습니다. 그런데 이 교칙을 바로 학교 앞에서 어기고 만 사건이 있었습니다. 때는 바야흐로 이른 봄, 난 중3이 되었습니다. 중2 때부터 시작된 짝사랑이 그때까지도 이어지고 있었습니다. 수업이 다 끝나고 종례를 기다리며 교실을 정리하는 시간이었습니다. 난 불현듯 창밖의 햇살이 나에게 속닥거리는 소리를 들은 것입니다. 햇살이 나에게 뭐라고 했냐면 "얼렁 나와, 지금 바로. 빨리." 이 대목이 이상하겠지만 이건 완전 100퍼센트 사실입니다. 햇살이 나에게 그렇게 말하자 난 귀신에 홀린 것처럼 종례도 안 하고 교실을 몰래 빠져나와 집으로 가는 버스를 기다리고 있었습니다. 거리에는 학생들이 아무도 없었습니다. 내가 제일 먼저 나왔으니 그 한가한 봄 햇살을 손으로 가리며 삼양동으로 가는 28번이 언제 오나 기다렸습니다. 그때였습니다. 햇살은 알고 있었던 것입니다. 나의 짝사랑 오빠가 육교 계단을 내려와 나에게 걸어올 것이라는 것을 말입니다. 그 시간에 학생도 교사도 없는 대지극장 옆 문화당 빵집 앞에 우리 둘은 우두커니 서 있었습니다. 오빠가 나를 육교 밑의 빵집으로 데리고 들어갔습니다. '문화당' 그 이름을 어찌 잊겠습니까. 가슴이 터질 것 같아서 입술이 부르트도록 그리워한 흰떡 오빠와의 처음 데이트입니다. 난 먹는 것을 좋아하는 통통한 소녀였는데 단팥빵이 목구멍에서 넘어가지 않아 먹지 못했습니다. 오빠는 딱 30분 정도만 나와 이야기하고는 나가자고 했습니다. 30분이 지나면 학생들이 몰려나올 것이라는 것을 오빠도 알고 나도 알았던 것입니다. 나가서는 시침 뚝 떼고 오빠는 오빠대로 난 나대로 버스를 기다렸습니다. 내 짝사랑에도 불행의 기운이 감돌기 시작했습니다. 고등학교는 남자고등학교였는데 그해부터 남녀 공학이 된 것입니다. 그때는 남녀 공학이 흔하지 않을 때라 고등학교는 술렁거리기 시작했고 중학교 여학생들도 비상이 걸렸습니다. 아, 어쩐단 말인가. 나 같이 애송이 통통한 계집애가 그 오빠를 어찌 넘볼 수 있단 말인가 싶었지만 그래도 일찍 포기하긴 이르다고 늘 고등학교 건물을 예의 주시하고 있었습니다. 올 게 오고야 말았습니다. 그 오빠가 여학생 중에 제일 예쁜, 교칙을 위반하고 앞머리를 잘라 깻잎 머리를 한 강심장과 나란히 걷는 모습이 몇 번이고 포착된 것입니다. 나의 가슴앓이는 그 뒤로 내가 고등학교를 진학하고도 3년 내내 진행되었습니다. 아, 이대로 내가 성인이 될 수는 없다는 각오 아래 난 오빠의 집으로 쳐들어갔습니다. 오빠네 집은 한국에서 둘째가라면 서러워할 냉면집을 했었는데 난 그 집으로 냉면을 먹으러 간 것이었습니다. 상황 파악을 해보니 가정집은 3층에 있는 듯했습니다. 난 나무젓가락을 하나 쓰윽 가방에 집어넣었습니다. 나무젓가락에는 귀중한 전화번호가 있는 것입니다. 전화해서 블라블라 이유를 대고 드디어 성인이 된 나는 그 오빠를 만났습니다.

그는 유학을 간다고 했습니다. 이렇게 애절하고 비극적일 수가 있냔 말입니다. 우리는 수유리에 있는 로얄이라는 레스토랑에서 진토닉 한 잔씩 마시고 헤어졌습니다. 그게 끝일 것 같습니까? 아닙니다. 몇 년 뒤 난 이 인간이 유학 가서 어떻게 변했는지 궁금했습니다. 오빠를 종로에서 만났는데 마이클 잭슨이나 입을 법한 가죽 재킷을 입고 치렁치렁한 시계를 가슴에 매달고 있었습니다. 난 그때 운동권 학생들과 이런저런 공부를 하고 있던 중이었으니 그 오빠를 향한 나의 마음은 뻔했습니다. 아주 한심한 눈으로 그를 바라보다가 돌아섰습니다. 난 순수한 순정만화 속의 짝사랑을 실천 중이었고 그는 뭐 부르주아적인 남학생일 뿐이었습니다. 그가 나를 불러 세우며 "자세히 봐! 내 눈빛은 그대로야"라고 말합니다. 난 입을 꼭 다물고 속으로 말했습니다. '아니거덩, 정말 아니거덩!'

철없는 10대를 거쳐 청년이 되었을 때 눈에 보이지 않던 것들이 보이기 시작했습니다. 거리에는 전투경찰이 늘 상주하고 있었고 최루탄 냄새는 도시의 매연과 섞여 부유했습니다. 그러한 풍경이 당연한 것이 아니라는 것을 알아가는 나이가 된 것입니다. 20대에는 사랑도 민주화 운동도 격동의 세월 속에 놓여 있었습니다. 당시의 젊은 청년들이 모여 민족의 미래를 위해 청춘을 역사에 헌납하는 회의를 하는 풍경 속의 나는 조용하고 순한 여자였습니다. 모이기로 한 사람이 오지 않으면 다음 날 그의 이름이 신문에 크게 대서특필되곤 했습니다. 죄명은 어마어마한 것이고요. 그렇게 청춘을 다 바친 그들의 현재 모습이 순탄한 생이 될 리 만무합니다. 푸석푸석한 얼굴로 이제는 신흥 유흥가에 밀려 퇴락하고 있는 종로와 명동을 걸어다니며 현재의 정치 뉴스를 보는 일이 생의 가장 큰 고문에 해당되어야 할 많은 사람들 중 몇몇은 아니 꽤나 많은 다수는 현재 모습에서 땀과 결기에 찬 순전한 청년의 그림자를 찾아보기 힘든 모습이 되어 있습니다. 많은 이들이 결탁했으며 그렇지 않았던 이들은 미래를 담보 잡혔던 시대에서 그 미래를 찾아오지 못했습니다. 현실에서 제외될 수밖에 없도록 흐른 30여 년의 역사 속에서 여전히 비극입니다. 친일, 자본, 정치, 이 끊을 수 없는 고리의 중심에 있는 이들도 어쩔 수 없이 한 나라의 국민인 것입니다. 그들은 그것을 놓으면 역사적으로 설 자리가 없기 때문에 죽는 힘을 다해 명분을 찾으려는 것입니다. 어느 쪽이 더 절박할지 생각해보면 바로 그들입니다. 적당히 민주화가 된 2016년은 더 이상 민주화가 목숨을 내놓고 지킬 만큼 절박하지 않습니다. 대신 그들은 여전히 절박합니다. 단죄의 시기는 이미 놓쳤습니다. 어쩌면 상생을 하는 것이 바람직할지도 모른다고 생각합니다. 그걸 중도라고 하나요? 참 씁쓸한 일이지만 민주화의 깃발을 들었던 이들은 여전히 밀리고 밀리다 중도라는 정치 선상에서 타협하는 것을 바라보기만 하는 슬픈 이미지가 되어 퇴락하고 있습니다. 이것도 하나의 역사적 발전일지도 모르겠습니다만 한 국가가 바로 서는 일은 개인의 희생으로 지켜진 역사를 부정하지 않는 것에서 출발할 텐데요. 다 물 건너간 것은 아니겠지요.

열일곱 번째 이야기

소심한 비행

중고등학교를 다니며 내가 저질렀던 비행은 세 가지입니다. 하나는 가지 말라는 빵집을 남자에 눈이 멀어 중3 때 들어가서 단팥빵을 먹은 것이요, 두 번째는 교련 검열 연습을 빼먹고 학교 뒷산으로 도망간 것입니다. 맨날 바보같이 삼각건으로 병신 놀이 하는 것이 싫어서 산으로 냅다 도망을 치는데 방송반 아이들은 운동장에 중저음의 노래 〈모나코〉를 틀어놓았습니다. 도망치는 내 모습과 〈모나코〉라는 노래가 굉장히 안 어울렸습니다. 이 두 가지는 단발에 그친 비행이었으나 상습적으로 지속적으로 이루어지던 비행이 한 가지 더 있었습니다. 몇 번이었을까. 셀 수 없이 많으니 기억도 나지 않는 것입니다.

중학교의 매점은 운동장을 지나 고등학교 건물 지하에 있었습니다. 쉬는 시간과 점심시간이면 매점은 미어질 듯 아이들로 붐볐습니다. 돈을 걷어 빵을 사러 들어간 아이는 대표로 한 명이고 나머지는 그 뒤에 서 있어야 했습니다. 대표로 들어간 아이가 빵을 사서 집어 던지면 뒤에서 빵을 받아야 했습니다. 하지만 난 좀 고상하고 우아를 떠는 아이 축에 끼어 있었기 때문에 그렇게 대놓고 빵에 목을 맬 수는 없었습니다. 난 아침 일찍 한가한 매점에 가서 빵을 미리 사놓았습니다. 서서히 배가 고픈 시간이 다가오면 빵을 한입씩 떼어 입에 넣었습니다. 단맛이 몸에 퍼지는 느낌을 몰래 느껴보면 그 달콤함에서 빠져나오지 못합니다. 그 맛, 그 달콤한 맛이 어디에서 왔겠습니까. 엄마가 화장품 행상으로 아이들 여섯을 키우는데 무슨 여윳돈이 있어 내가 빵을 사 먹을 수 있겠냔 말입니다. 빵을 사 먹으려고 차비를 써버려서 대지극장에서 삼양동까지 걸어온 적도 있습니다. 심심하고 따분한 나는 학교 앞에서 작은 돌멩이를 골라 톡톡 발로 차면서 삼양동까지 왔습니다. 집에 와서 돌멩이를 씻어보니 참 상처가 깊고 많았습니다. 그 돌을 보관했었는데 언제 없어졌는지는 모르겠습니다. 그런 내가 아주 쉬운 길을 찾은 것입니다. 엄마의 가방에는 늘 동전이 있었습니다. 엄마 가방을 열어 동전 한두 개를 훔치기 시작한 것입니다. 중학교 매점은 창문만 내다보면 운동장 건너에 보였습니다. 빵을 사 들고 오는 아이들의 무리 무리들, 빵을 서로 집어 던지며 소리 지르던 아이들의 큰 목소리, 아이들이 먹던 빵 냄새, 나중에 알고 보니 아이들은 완전정복을 산다고 삥땅 치고, 실내화, 체육복 등등의 건으로 부모님을 삥땅 친다는 사실을 알고는 아, 나는 얼마나 착한가. 겨우 빵 사 먹으려고 동전 한두 개 슬쩍했으니 하면서 스스로를 위로했지만 그게 사실 위로가 되진 못했습니다. 엄마는 구멍 난 털신 신고 장사를 나가셨기 때문입니다.

견물생심이라고 내가 고등학교를 가자 매점이 눈에 안 보여서 동전을 훔치던 죄의식은 사그라들기 시작했습니다. 고2 때 난 『죄와 벌』을 읽었습니다. 꼭 나의 죄의식이 동전으로 비롯되지는 않았겠으나 그것도 저 바닥에 고인 것 중 하나였을 것입니다. 난 사람의 마음속에 죄를 저지를 수 있는 본능이 숨어 있다는 것에 놀라서 숨도 쉴 수 없었습니다. 너무 충격이었습니다. "돈이…… 사람을…… 저렇게……." 뭐 이러면서 그 충격에서 헤어나올 수가 없었습니다. 『여자의 일생』에 나오는 잔은 우리네 삶 속에 녹아 있는 여자들의 삶과 비슷해서 괜찮았습니다. 그 당시 읽었던 『테스』 요런 것도 대충 괜찮았습니다. 『데미안』 『서부전선 이상없다』 이런 건 다 괜찮았지만 『죄와 벌』

은 나의 마음을 음습한 곳으로 끌고 들어갔습니다. 그러던 중 어느 날 밤 악몽에 시달렸습니다. 결국 난 악몽에 시달리다 고 2 때 이불에 쉬를 하고 말았던 것입니다. 꿈의 내용은 나를 포함한 모든 사람의 상황과 감정이 극에 달하면 주인공인 라스콜리니코프처럼 변화될 수 있다는 가능성을 깨달은 두려움에 대한 재현이었습니다. 엄마는 아무 말씀도 안 하시고 이불을 빨아 내다 널었습니다. 옆집 아줌마가 왜 아침부터 이불을 빨았냐고 하니 "아휴, 내가 주전자를 발로 차서 보리차가 다 이불에 스몄지 뭐예요." 아, 우리 엄마, 내가 엄마에게 꼼짝 못 하는 것은 엄마의 몸에 밴 자녀 교육의 내공을 진작에 알아봤기 때문입니다.

내 시를 보면 엄마의 이야기가 3할은 될 것입니다. 난 어둠 속에 잘 끌려 들어갑니다. 하지만 내가 어떤 종류의 어둠에 있든 엄마는 아무 말 없이 내 손을 끌고 그곳을 박차고 나오십니다. 내가 아프면 엄마는 날 붙들고 엄청난 하이톤으로 기도를 시작하십니다. "우리 희주~ 우리 희주~ 우리 희주~." 내가 무슨 배짱으로 어둠 속에 머무르고 있을 수 있겠습니까. 엄마 손을 잡고 환한 세상으로 쉰 살이 되어서야 걸어 나왔습니다. 우리 엄마 지금도 큰딸 농장에서 깻잎 따고 계십니다. 얼마 전 무거운 것을 옮긴다고 애를 쓰시다가 허리를 다치셨습니다. 그 허리를 만져드려야 하는데 난 바다 건너에 삽니다. 전화로 아이 달래듯 아이 사랑하듯 말을 하면 어느새 엄마는 아이처럼 "알았어, 알았어"를 하십니다. 내 아름다운 소소한 비행 뒤에는 우리 엄마의 묵언수행이 있었습니다.

자본주의 시대에 사는 동안 모든 문제는 돈으로부터 비롯된다고 생각합니다. 마음이 문제라고 하던 시대는 마음으로 문제를 해결할 수 있는 시대에나 통할 수 있는 말입니다. 마음이 할 수 있는 결단력, 노력, 지구력, 의지력 등등은 국가 제도가 마음만 바꾸면 충분히 해결할 수 있도록 길을 열어놓았을 때 할 수 있는 말들입니다. 그 어떤 것으로도 뚫을 수 없는 현실의 벽을 청년들은 맨손으로 긁어가며 넘으려고 하고 있는 것입니다. 청년 실업이 자살률을 세계 1위로 만든 주범입니다. 목숨을 끊기 전 그들은 마지막 전선에서 힘겹게 싸웠을 것입니다. 마지막 전선에서는 연애, 결혼, 출산을 포기합니다. 급기야는 N포세대라는 신조어가 그들의 전투를 무기력하게 만듭니다. 무임승차와 무전취식도 서서히 늘어납니다. 그리고 자살로 이어지는 것이지요. 사람의 본성은 해결할 수 없는 문제를 만났을 때 나를 죽이거나 남을 죽이는 방법으로 문제를 해결합니다. 청년범죄와 청년 자살이 늘어나고 있는 것은 그들의 전투가 그만큼

치열하다는 것입니다. 성남시의 이재명 시장은 청년수당이라는 제도를 통해서 청년들에게 실낱같은 희망의 메시지를 던졌습니다. 사실 그 금액이 생존을 위협받고 있는 청년들에게 얼마나 도움이 되겠습니까. 그러나 국가와 기성세대가 위험에 처한 청년들의 살길을 계속 도모하고 있으니 네 마음속에서 죽어가고 있는, 희망을 견인할 수 있는 마음을 추스르라는 응원의 목소리는 될 수 있겠지요. 그러한 응원의 목소리에 힘입어 이 복지 정책이 성남시가 아니라 국가적 정책이 되어 모두 함께 응원을 하게 되면 발생할 손실 때문에 국가는 응원을 하는 성남시와 국민을 향해 응원이 가치 없음을 알리는 많은 말들을 쏟아놓습니다. 우리 엄마는 사치스러운 마음의 슬픔에 놓인 나를 위해서도 하이 소프라노 목소리로 소리를 지르며 응원을 했습니다. 그리고 엄마 스스로 굳건한 마음으로 삶을 살아내시는 모습을 실천하셨습니다. 국가를 두고 모국이라 말합니다. 어머니를 공경하려는 마음은 어머니의 지극한 사랑을 먹고 자랍니다. 자녀 학대 후 어머니 공경? 이건 노예 공장을 자처한 국가의 형태입니다. 그럼에도 이 시대를 바꿀 희망을 청년들에게 걸어봅니다. 힘없는 어른들, 이미 노예화되고 있는 어른들은 이런 말품으로 청년들을 위로할 수밖에 없지만 전체 자살자의

25%가 넘는 청년 자살을 보면 심장이 소금에 절여지는 듯 오그라듭니다. 어른들도 앞에서 헤쳐 나가기 힘들지만 뒤돌아보며 뒤따라오고 있는 청년들을 향해 목소리 높여 전합니다. 포기하지 마! 절대 포기하지 마!

열여덟 번째 이야기

싱싱한 오기

취직을 준비하던 때 내가 찾아가 이력서를 내민 곳은 이제 갓 창업한 회사였습니다. 그 회사에서 서류 면접에서 붙은 지원자들의 교육을 먼저 시키는데 교육 강사가 이런 말을 합니다. "여러분, 돈을 많이 벌어야 합니다. 여러분은 많이 벌 수 있습니다. 내가 일본에 갔었을 때 한 부자는 밍크를 차에 깔고 있었습니다. 나도 밍크를 차에 깔고 싶습니다. 누가 이렇게 멋지게 살고 싶지 않겠습니까? 이렇게 살고 싶지 않은 사람 손 들어 보십시오."

번쩍.

이건 내가 머뭇거리지 않고 손을 들었던 모습입니다. 지금 생각하면 돈을 잘 벌려면 일 잘해야 한다는 것이 교육 강사의 강의 요지였겠으나 혈기가 하늘을 찌르던 시절, 자본의 소비가 그딴 식으로 되는 것을 가장 혐오하던 그 시절에 그런 강의 내용은 요지를 분별할 여유 없이 나를 분기탱천하게 했던 것입니다. 그러고는 난 이렇게 말했습니다. "나 이제 여기서 나가도 되죠?" 하고는 나와버렸습니다. 내가 그냥 나왔겠습니까? 이사실로 저벅저벅 들어가 "저런 식의 강의를 하는 사람은 강의를 못하게 해야 합니다. 돈을 벌어 차에 밍크를 까는 것이 가당합니까? 그건 젊은 영혼에게 불어넣어서는 안 되는 소비 방법입니다. 이 회사가 크려면 강사들 교육부터 시키는 것이 마땅합니다"라고 충고까지 하고 나왔습니다. 그 작은 창업회사가 내 의견을 받아들였는지 뒤에서 '쬐끄만 계집애가 겁도 없다'라고 욕을 했는지 알 수 없으나 그 회사는 지금 무지무지하게 커져서 대기업이 되었습니다. 내가 꾹 참고 그 신입사원 강의를 다 듣고 직원이 되었더라면 난 팔자가 달라졌을지도 모릅니다. 돈을 당장 벌어야 했던 그 시절에 배짱을 탕탕 튕기며 그런 말을 하면서 살았습니다. 안국동의 빌딩에서 나와 낙원동까지 걸으며 내가 느낀 것은 아무것도 없었습니다. '배고프다' 그것 하나였습니다. 인사동에서 교보문고 쪽으로 가는 길에 찐빵집이 있었는데 이 집 찐빵은 거의 호빵 수준으로 크게 만들어서 팔았습니다. 난 딱 하나만 눈물의 찐빵을 사서 걸어가면서 먹었습니다.

찝찝대면서 강사를 향해 컹컹 짖으면서 종로를 걸었습니다.

밍크와 바꾼 찐빵. 나의 청춘은 슬슬 꼬이기 시작하다가 좋은 직장을 잡게 되었습니다. 그러나 꼬였던 날들은 나의 그런 배짱을 서서히 자본에 길들여놓았습니다. 같은 일을 하는 곳으로 서너 군데 옮겨 다니며 인정을 받았습니다. 그러나 그 인정을 받는 방법은 밍크와 찐빵을 바꾸지 않는 것에서 출발했습니다. 절대 상사의 비위를 건드리지 않고, 절대 상사를 들이받지 않으며, 절대 상사를 폄하하지 않으면서, 시간과 공을 들여 조직을 고쳐나가는 우회의 방법을 선택했습니다. 뼛속까지 고름이 찬 상사들도 있었지만 난 그들과 대립하지 않고 갈등하지 않는 방법으로 조직의 중요한 사람이 되는 것에서부터 시작하는 아주 고도의 수법을 구사하는 지능형으로 바뀌고 있었던 것입니다.

나에게 그리운 시절은 대놓고 들이받던 그 시절의 맹렬한 분노도 한 부분입니다. 그게 얼마나 청정한 정신의 산물인지 세월이 지나가보면 압니다. 너무 청정하면 물고기가 살지 못합니다. 카프카의 「변신」이라는 소설처럼 '어! 내가 언제 벌레가 됐지?' 라고 아침 이부자리에서 스스로의 몸을 내려다보는 일은 없었으면 좋겠습니다. 마음 중심에는 그 청정한 물의 근원지가 내내 살아 숨 쉬기를 바랍니다.

지금 청년들의 문제는 우리 때와는 근본적으로 다릅니다. 우리 때는 산업화 때문에 가진 자들이 착취하는 게 문제가 되었지만 지금은 그 문제도 그대로 안고 있으면서 일할 수 있는 기회조차 주어지지 않습니다. 고학력이 아니면 취업하기 힘들어서 부모와 합심하여 고학력이 되었으나 수요와 공급이 맞지 않습니다. 무한 경쟁 사회는 '헬조선'이라는 신조어도 만들어내었습니다. 일이 없어서 대학원 진학을 합니다. 목표가 무기력해집니다. 미국에서는 돈만 있으면 웬만한 대학은 갈 수 있으나 이들은 경쟁력에서 떨어집니다. 빚만 잔뜩 지고 학교를 졸업했지만 취직이 되지 않습니다. 이 부분은 한국과 크게 다르지 않습니다. 다행스럽게도 고등학교 때부터 독립된 삶을 경험한 아이들은 일에 대한 편견이 한국처럼 심하지 않고 육체적으로 견디는 내성도 타고난 신체적 조건과 스포츠로 단련되어 한국의 아이들보다 강한 듯합니다. 경쟁력이 있는 대학은 들어가기도 힘들고 졸업하기도 힘이 듭니다. 내신과 수능만 잘 보면 대학에 갈 수 있는 한국과는 달리 미국의 입시제도에서는 내신, 스포츠, 봉사 활동, 클럽 활동, SAT, 추천서가 주요 요소가 됩니다. 고등학교 내내 다방면에서 우수한 학생이 되려면 학교 다니는 내내 긴장감을 갖고 노력을 해야 합니다. 많은 것에 자유를 주지만 방종한 잠깐의 실수가 한 생이 다할 때까지 족쇄가 되는 곳도 이곳입니다. 대마초와 마약 그리고 성적으로 쉽게 노출되어 있으니까요. 많은 자유가 있는 반면 영혼이 망가지기 쉬운 곳에 놓인 이곳의 아이들도 가엾기는 매한가지입니다.

배가 고파도 오기와 깡다구로 버틸 수 있었던 우리들의 젊은 시절이 지금보다 훨씬 인간적인 것 같습니다. 그때는 명분이 있으면 그것만으로도 청춘을 버텨낼 수 있었습니다. 청년들이 포기하지 않도록 어른들도 정신의 지렛대가 되어주는 길을 포기하지 말았으면 좋겠습니다.

열아홉 번째 이야기

여자로서의 사회생활

“난 사무실에 나가지 않겠습니다. 사직으로 처리하십시오. 퇴직금 정산을 제대로 처리해주시기 바랍니다.”

“업무 인계, 인수를 제대로 해야 할 것 아닙니까?”

“업무 인계, 인수를 제대로 할 수 없도록 하셨으니 그 정도는 감수하십시오.”

소리 소리 지르며 나에게 업무 인계, 인수를 하고 가라는 직장의 상사와 마지막으로 나눈 전화 내용입니다. 학교가 부도가 나서 교육청에서 관리하던 학교의 회계가 엉망이 되어 있었고 당시 결혼한 여자는 직장을 다시 잡기 힘들던 때 나는 나의 업무능력으로 그 학교에 들어가게 되었습니다. 지난 몇 년간 하나의 장부도 제대로 되지 않았던 그 학교에서 난 수개월 만에 몇 년 동안의 장부를 깨끗하게 정리해놓았습니다. 학교 정상화를 둘러싸고 이전투구하던 이사진들의 회의에 참석해서 회의록을 작성하는 것도 내 몫이었습니다. 법률적인 내용을 찾아 법에 맞게 일을 진행하는 것도 내 몫이었습니다. 학교를 인수할 사람이 나타났고 사람들은 모두 줄을 대기에 혈안이 되어 있었습니다. 그들이 현재의 모든 직원들을 해고하고 그들의 사람으로 채워 넣겠다는 원칙을 세웠다는 정보가 있었습니다. 나는 직원들에게 함께 힘을 합쳐서 그런 일이 일어나지 않도록 하자고 제안했지만 남자 직원들은 그러다가 자신이 제일 먼저 잘리면 어쩌느냐고 했고 여자 직원들은 몸을 던져가며 자신의 자리를 지키려고 한다는 소문이 무성하게 퍼졌습니다. 나에게 제안이 들어왔습니다. 모두를 해고해도 너만은 해고하지 않을 테니 비밀로 하고 모든 업무를 그들이 심은 한 남자 직원에게 착실하게 가르치라고 했습니다. 다른 직원들은 한 분야의 일만 할 줄 알았고 나는 학교 행정의 전반을 다 할 줄 안다는 것에서 그들은 나를 선택한 것입니다. 난 단번에 거절을 했습니다. 다 함께 살려주지 않으면 협조할 수 없다는 것이 내 조건이었습니다. 배신을 한 건 함께 살려달라고 했던 직장 동료들이었습니다. 난 이대로는 승산이 없으니 골탕이나 먹으라며 자발적 퇴직을 선택했고 제 몫을 먼저 챙겼던 직장 동료들도 버티다 직장을 모두 잃었습니다. 가장 오래 다닌 여직원은 조용히 목소리 내지 않고 자신의 불합리함을 견디던 직원이었습니다. 이후 문제 있는 학교, 도저히 그들의 힘으로는 어쩌지 못하는 회계 사고 학교에서 울며 겨자 먹기 식으로 나이 많은 나를 채용했습니다. 난 스무 살에 상업고등학교를 나와서 사립학교 네 군데를 다니며 직장 생활을 20년 넘게 했습니다. 단 한 군데만 정상적인 학교였고 세 군데는 모두 회계 사고가 난 학교였습니다. 난 학교 전체의 예산을 세우고 집행하는 일을 했는데 일을 제법 잘했지만 단 한 번도 승진의 기회를 갖지 못했습니다. 승진의 기회를 갖는 것조차 생각하면 안 되는 시대 분위기였습니다. 반면 남자들은 들어올 때부터 나보다 훨씬 높은 직급으로 입사합니다. 직급이 높은 직장의 상사들을 가르치며 밸을 다 빼놓고 일을 해야 했습니다. 사회생활을 하면서 만난 남자들은 나에게 뭔가를 해주면 그에 대한 대가를 받기를 원합니다. 그러한 줄다리기에서 직장도 잃지 않고 직장 상사도 체면을 지켜주는 일은 정말 힘든 일이었지만 단 한 군데서도 적을 만들지 않았습니다. 남자들은 무엇이 잘못인줄도 모르고 행하고 그 정도의 잘못은 괜찮은 것이라는 풍조에 물들어 있는 경우가 태반입니다. 잘 파악해야 합니다. 어느 남자와 어떻게 대결을 할 것인가를 말입니다. 남자들은 입체적인 생각을 잘 하지 못해서 한 가지 일을 하면 성공률이 높은 반면 관계성에서는 취약합니다. 이 두 가지를 다 잘 하는 남자는 리더로서 자리매김을 하지만 리더는 조직 내에서 단 한 명입니다. 많은 남자들은 거의 멍청한 수준에서 자신이 행한 행동이 어떤 여파로 다른 사람의 삶에 영향을 끼칠지 잘 모르는 사람들입니다. 그것을 알면서도 행하는 남자들과 균형을 잘 맞추면서 사는 남자들은 제외시킵니다. 알면서도 행하는 이들을 만났다면 소처럼 들이받았겠지요. 하지만 대부분의 남자들은 이 정도의 일탈 정도는 괜찮지 않을까 하면서 저지르는 멍청한 경우가 많습니다.

"선생님, 제가 선생님을 존경할 수 있도록 다시 선생님의 자리로 돌아가시지요. 지금 있었던 5분간의 기억은 제 기억에서 지우겠습니다."

나를 회계 사고가 난 학교에 취직시켜주었던 한 관료와 저녁 식사를 하고 있는데 그분이 내 옆자리에 와서 앉자 내가 했던 말입니다. 그분은 제자리로 다시 돌아갔고 난 매년 연하장을 그분에게 보내는 것으로 남자의 체면도 지켜주고 그런 일이 망신살 뻗치는 일이라는 것을 내 방식대로 가르친 것입니다. 한번은 출장을 가는데 직장 상사가 자신도 그쪽으로 출장을 가니 만나서 저녁이나 먹자고 합니다. 난 아무렇지도 않게 그러마고 했습니다. 부장이 차를 갖고 와서 나를 데리고 간 곳은 1층은 레스토랑이고 2층은 모텔인 곳이었습니다. 레스토랑은 벌거죽죽한 조명에 빤쭈만 입은 여자들이 여기저기 걸려 있습니다. 난 획 돌아 나가지 않았습니다. 그건 좀 폼이 안 나는 것 같았습니다. 난 표정과 말투로 부장이 넘볼 수 없는 사람이라는 것을 표현해야 했습니다. 제법 연기가 그럴듯했는지 밥만 먹고는 아무 말도 못한 부장과 나는 아주 자연스러운 제스처를 좀 과하게 취하며 헤어졌습니다. 이후로 부장은 켕기는 것이 있는지 엄청 오버하면서 나의 눈치를 살피기 시작했습니다. 난 이후 할 말 다 하고 사는 사람이 되었습니다. '좀 작작 해드셔라. 나 모르게 해드시는 것은 암말 않겠다. 그러나 치사하게 모든 직원이 다 아는 코 묻은 돈까지 잡숫지는 마라.' 이런 종류의 말을 퍽퍽 날렸습니다. 사람들은 내부고발자가 되어 세상을 바꾸라는 소리를 종종 합니다만 내부 고발자는 자신의 생을 담보로 해야 합니다. 자본이 법을 데리고 들어오면 이겨 먹기 힘든 싸움이 됩니다. 삶은 복선을 깔며 살기 시작하면 골치 아프고 힘들지만 꼭 복선을 깔아야 할 상황이 생기면 순수함을 지키기 위한 복선을 준비해야 하는 것입니다. 내부 고발자를 하려면 빼도 박도 못할 증거가 있을 경우 싸우는 것은 예외입니다만 말로 언제든지 포장 가능한 상황만으로는 절대 싸우지 말아야 합니다.

요즘의 여성학 책을 보면 여러 가지로 여자들의 사회생활에 대해 설명합니다. 열심히 일만 하면 누군가 내 머리에 왕관을 씌워줄 것이라는 '왕관 신드롬', 힘들어도 감정 표현을 정확하게 하지 않는 '가면 증후군', 늘 착하지만 강해야 하는 '착한 여자 콤플렉스'와 '슈퍼맘 콤플렉스'를 예로 들며 여자들에게 스스로 벗어날 것을 주장합니다. 자신을 위해 요구하고 변화를 위해 참고 견디라는 말을 합니다. 다 듣기 좋으라고 하는 위로일 뿐입니다. 현실적으로 여자들은 훨씬 더 교묘한 사회 시스템과 싸워야 합니다. 이 모든 신드롬과 콤플렉스는 사실 여자가 만들어낸 것이 아니고 사회가 만들어내고 여자들이 오랫동안 사회 시스템이 그런 식으로 만들어졌는지도 모르는 사이 이미 체질화된 것입니다. 그럼에도 그 해결 열쇠를 여자들에게 쥐어주며 여자보고 열라고 하는 것은 사실 변화를 원하지 않는다는 것에 지나지 않습니다. 그 변화를 취하려면 갖고 있는 것들을 많이 잃어버려야 합니다. 직장을 잃을 수도 있고 남편을 잃을 수도 있고 아이들을 잃을 수도 있습니다. 여자는 관계성을 중요시하는 동물이라서 자신의 삶보다는 함께하는 삶을 더 중요하게 생각합니다. 그런 삶을 지향하는 여자들의 속성을 이용하는 자신의 아이들, 남편, 직장 그리고 사회조직 내의 남자와 최대의 적이 되는 다른 여자들 사이에서 변화를 일구어내기 위해서는 내적인 힘을 엄청나게 길러내야 합니다. 이 과정을 겪는 여자들이 대부분 이혼을 경험합니다. 모두 단 한 번밖에 없는 생을 사는 것입니다. 남자도 여자도 아이들도 모두 단 한 번입니다. 여성들을 위한다고 하는 입에 발린 교육 이전에 그 교육을 남편이나 아이 그리고 직장의 남자 직원들을 향해 먼저 해야 할 것입니다만 사람은 곧 그 문제가 자신의 문제가 아니면 그다지 심각하게 받아들이지 않습니다. 어떻게 해야 여자들이 모순적 사회구조 속에서의 불합리와 관습적으로 강요된 여자의 삶 속에서 자신의 모습을 일구어낼 수 있을까요? 모두의 생각을 아우르면서 끌려가지 않고 이끌어가는 여자가 되는 방법밖에는 없지만 아주 오랜 세월 참고 견디면서 내적인 힘을 키워야 합니다. 눈앞의 감정에 휘말려들지 않고 눈앞에서 벌어진 일을 전체적으로 볼 줄 아는 능력은 그리 쉽게 만들어지는 것이 아닙니다. 휘말려들어간 상태에서 여자로서 자주적인 삶을 살겠다고 깃발을 들면 자신의 인생을 막장 드라마로 끝낼 확률이 높아집니다. 삶을 바라보는 통찰력을 키우는 수밖에 없습니다. 그리고 결단력 있는 사람으로 자신을 만들어야 합니다. 많은 책을 읽고 사색하는 시간을 이유 여하를 불문하고 하루에 딱 한 시간씩 갖는다면 많이 달라질 것입니다. 자신을 위한 시간 투자를 습관화시키는 것입니다. 이러한 습관 만들기는 일찍 시작할수록 좋겠지요. 딱

한 시간이나 두 시간이면 됩니다. 훗날을 위해 자신만의 시간을 갖기를 바랍니다. 꼭 결과가 나옵니다. 나에게서 그리고 나와 관계된 사회와 인적 관계에서 어느 날 갑자기 그 결과가 나옵니다. 함부로 성질대로 내부 고발자가 되지 말고 이길 수 있을 때 싸우려고 그런 이들과 맞짱 뜨기 위해 준비하는 동안에는 그들과 비슷한 교활하기까지 한 이기심? 그거 하면 좀 어떻습니까. 그것도 병법 중의 하나입니다.

제3부

5월 축제

남편 또한 나를 온전하게 인식하지 못하고 자신의 마음속에 있는 어떤 여자에게 맞추려고 하는 것입니다. 그 어떤 여자는 시어머니의 모습이겠지요. 이러한 반복적인 어리석음은 아주 오래도록 지속되지만 이러한 관계성을 파악하기란 쉽지 않습니다. 그러니 모두 갈등을 멈추지 못하고 죽는 날까지 힘든 평행 관계를 유지하고 책임과 의무만 남은 가족 관계의 남녀가 되는 것입니다. 어느 순간 그것을 깨달은 나는 이 모든 고리를 끊어내기로 작정을 했습니다. 그냥 내 모습대로 사는 것입니다.

스무 번째 이야기

남자의 빈 밥그릇

나의 청춘을 돌이켜보면 참 다양한 선택을 하며 살았다는 생각이 듭니다. 내가 하고 싶은 것들은 모두 돈이 왕창 들어가야 하는 것들이었습니다. 돈을 조금 들이고 배울 수 있는 곳을 찾았지만 수강생들의 끈기 부족으로 늘 중도하차해야 했습니다. 지금도 아쉬운 것들입니다. 스무 살을 갓 넘어 늘 심야 방송을 틀어놓고 자던 나는 어느 새벽 어떤 악기의 연주 소리에 잠이 깼습니다. 그게 뭔지 알아내는 데 조금 오래 걸렸습니다. 그것은 가야금 산조였던 것입니다. 그때부터 국악에 미쳐 배우려고 노력했으나 다 허사로 돌아갔습니다. 김영동과 황병기 그리고 슬기둥의 음악을 번갈아 들으면서 같은 자세로 몇 시간을 앉아 있었던 적이 많았습니다. 물론 마음에는 온갖 고뇌가 가득 차 있던 시기였습니다. 난 내 고뇌를 풀어놓는 방법으로 그런 음악을 들었습니다. 또한 반야심경을 뜻도 모르면서 많이 들었습니다. 반야심경에 대금 연주를 곁들인 것이 너무 좋아서 하루 종일 들은 적도 있습니다. 고뇌란 바닥을 칠 때까지 끝도 한도 없이 밀려오는 것입니다. 고뇌란 기운이 남아 있는 날까지 놓여날 수 없는 것입니다. 그것과 대적할 수 있는 무기가 유일하게 젊음이었던 그 시절의 무모함에 대하여 가볍게 이야기할 수 있는 나.이.듦. 이것 참 괜찮습니다.

스물다섯 즈음에 난 밥그릇을 보장하는 직장에 다니고 있었는데 무척 보수적인 조직이었습니다. 난 내가 낼 수 있는 대출을 다 내서 인사동에 전통 찻집을 차려 낮에는 아르바이트생을 쓰고 난 퇴근 후에 그곳으로 가서 장사를 했습니다. 수정과, 식혜, 모과차, 유자차, 과실주를 만들어가며 장사를 했습니다. 돈을 벌려는 목적보다는 나 신나게 놀자는 목적이 더 컸습니다. 손님들은 대부분 예술을 하는 사람이 많았고 학생들도 많았습니다. 낮에는 조신하고 얌전하게 일하다가 저녁때만 되면 손님들과 패거리를 지어서 놀았습니다. 퇴근 후 난 낙원시장에 들러 시장을 봐서 전통찻집으로 갑니다. 십 인분 정도의 밥을 해서 가장 손님이 많은 시간에 밥상을 마루에 차려놓고는 손님들에게 배고픈 사람은 아무나 와서 먹으라고 했습니다. 밥을 한번 먹어본 사람은 나의 단골손님이 되는 것입니다. 배짱도 좋았고 열정도 대단했던 그 시절의 취약점은 뭐니 뭐니 해도 사랑입니다. 난 그렇게 놀기 좋아하고 사람들을 좋아했지만 나의 사랑도 골치 아프고 손님들과 가까워지며 그들끼리의 복잡한 사랑을 알게 되는 것도 보통 골치 아픈 게 아니었습니다. 그것뿐이 아닙니다. 새파랗게 젊은 것이 그런 일을 하니 집적거리는 것들도 무지 많았습니다. 공권력을 이용한 집적거림도 있었는데 청평에 한번 놀러가주면 허가 문제를 잘 해결해주겠다는 놈도 있었습니다. 그렇게 놀기 좋아하고 사람을 좋아하는 내 순수한 마음은 서서히 "엇! 이거 아닌데……." 이때 난 내 무모함에 심한 내상을 입고 피를 철철 흘리고 있었습니다. 난 가차 없이 그 찻집을 때려치웠습니다. 그러나 난 그냥 때려치우지는 않았습니다. 거기서 남자 하나를 건지고 때려치웠습니다. 그 남자는 영화감독이었습니다. 아주 독특한 패션 감각을 갖고 있는 남자였습니다. 하얀 고무신에 군용 점퍼를 입고 빨간 머플러를 목에 매고 다녔습니다. 그 사람은 가게에 자주 왔으나 나와 뭐 엮어보자는 심산은 없는 듯 보였고 늘 조용히 있다가 가는 단골손님이었습니다. 그와 내가 겨울에 거리를 걷는데 이쯤 되면 나의 손을 잡아야 하는 것이 순서입니다. 그때 바로 첫눈이 펄펄 내리기 시작했기 때문입니다. 이 남자는 나의 손을 잡지도 않고 진도를 나갈 생각을 안 하는 것입니다. 난 그때 '이 사람같이 자유로운 패션 감각을 가지고 있다면 나에 대해서도 존중과 자유가 뭔지 보여줄 것이다. 그리고 여자를 함부로 생각하지 않는 사람이니 괜찮을 것이다'라는 착각을 절대 진리로 믿고 그 사람을 꼬시기 시작했던 것입니다. 난 그의 주머니에 내 손을 쏙 집어넣는 것으로 처음 손을 잡는 것에 성공했습니다. 이후 이 남자와의 대화는 이러합니다.

"빵이 먹고 싶다."

"하루 종일 일하고 온 마누라한테 빵 만들어달라꼬?" 눈을 확 치켜뜨면서 소리를 빽 지릅니다.

"아니, 그냥 먹고 싶다고……."

아, 점점 멋진 것하고는 멀어지는 남편아. 무늬만 자유롭고 속은 조선시대에서 환생한 남편아. 내 속을 천만번도 더 뒤집어놓은 하얀 고무신아. 동상이몽의 달인이 된 영감아, 마누라랑 백년만년 살고 지고 해보자.

남편과 나는 쉰이 넘어서야 서로 의지해야 할 단 한 사람이라는 것을 깨닫게 되었습니다. 우리들의 어리석음으로 빛나는 날들을 모두 소진한 후에 남은 생을 생각하니 참으로 어이없어진 그즈음에서야 남편의 그리고 아내의 실체가 보인 것입니다. 남은 생은 우리가 싸우며 소진한 세월까지 소급해서 애틋한 마음으로 살고 싶습니다. 우리의 젊은 날 중 첫눈이 오던 그날로 다시 돌아가 아직도 여전히 남아 있는 20대 그 시절의 마음으로 주름진 얼굴을 쓰다듬으며 살아갈 것입니다. 늦게라도 이 생에서 할 수 있는 일은 사실 아무것도 없고 사랑해야 할 대상을 사랑하기에도 벅차고 짧은 날들이라는 것을 알게 된 것이 얼마나 다행인지요. 젊은 기운이 남아 있을 때는 감히 생각할 수 없던 것이지요. 늙는다는 것이 아름다운 이유가 여기에 있습니다. 늙어가면서 지혜를 얻으려면 어느 정도 과정이 있어야 합니다. 비 오기 며칠 전이면 온몸이 아파옵니다. 왼쪽의 얼굴은 늘 경련이 대기하고 있는 듯한 느낌입니다. 혈관의 이상으로 하지 정맥 증상이 찾아옵니다. 커피를 하루에 몇 잔 마셔도 끄떡없던 나는 커피 두 잔에 정신이 붕 떠서 혼미해지고 뇌 기능이 갈팡질팡 하는 것을 경험해야 합니다. 치밀어오르는 분노를 억제하기 힘이 듭니다. 자꾸 몸의 반응이 심상치 않을 때 내 몸과 마음을 정돈시켜준 책이 있습니다. 크리스티안 노스럽(Christiane Northrup)이 지은 『여성의 몸, 여성의 지혜』라는 책입니다. 의학박사이고 심신 치유자인 그녀의 책은 여성의 몸을 과학적으로 분석하여 스스로 내면의 안내자가 되는 길을 제시합니다. 여성 자신이 스스로를 치유할 수 있도록 길의 이정표로 엮인 책입니다. 책 속에는 '과거를 철저히 파헤쳐라' 라는 제목이 있습니다. 이 제목을 보는 순간 내가 갱년기에 들어서면서 아무런 방법을 못 찾아 캄캄한 방 안에 갇혀 울고 있을 때 처음부터 하나하나 더듬어 생각해보자고 했던 순간이 떠올랐습니다. 지금 이 산문집에 있는 모든 글도 그때 생각했던 모티브들입니다. 나는 무작정 추억을 더듬어가며 나를 기록했지만 이것이 치유의 방법이라는 것은 몰랐습니다. 나는 미로를 헤매다 나왔으나 그 길에서 만났던 이정표를 기억하지 못했습니다. 책에는 내가 추측했던 모든 이정표들이 명확하게 기록되어 있었습니다.

늙음이란, 자신을 지속적으로 덜어내는 업그레이드의 역기능입니다. 지속적으로 해왔던 자신이 사회에서 쓸모 있는 사람으로 인정받기 위한 노력들, 결혼 생활 유지를 위해 희생해야 했던 노력들, 자식을 위해, 부모를 위해……. 이렇게 나 이외의 것들을 위해 입었던 여러 가지 종류와 색깔의 옷을 하나하나 벗어도 되는 때가 된 것입니다. 입기만 했던 축적의 관성은 좀처럼 벗어나기 힘듭니다. 옷 속에 감춰져 있는 나보다 내가 입고 있는 옷의 무게가 더 나가기 때문이지요. 갱년기란 그 옷들을 다 벗을 수 있게 하는 훈련 과정이라고 생각합니다. 그 과정을 거치면 옷 속에 감춰져 있는 이제 서서히 약해지고 있는 자신을 위해 남은 생에 무엇을 할 것인가에 초점이 맞춰지게 되지요.

이것도 너무 늦으면 힘듭니다. 많은 여자들이 자신의 과거를 돌아보다가 중년의 분노 호르몬과 만나 그 안에 갇히기도 합니다. 죽는 날까지 생에 대한 불만을 토로하면서 사는 할머니들을 종종 봅니다. 이 땅의 모든 어머니들이 그 과정을 잘 버티고 맨몸의 자신을 위해 남은 생을 산책하듯 느리지만 즐겁게 보내게 되려면 남편의 도움이 절대적으로 필요합니다. 남자들의 이기심은 이 시기에는 잠시 유보해달라고 말하고 싶지만 많이 기대하지 말고 스스로의 길을 개척하는 것이 속 편할지도 모릅니다. 여자들이 이 시기를 잘 극복하면 남자들과 나란히 친구가 될 준비를 마치는 것입니다. 여자들은 타고나기를 누군가를 사랑해야 하는 동물입니다. 자신의 모습을 재발견하게 되면 그지없는 친구의 모습으로 다시 탄생합니다. 여자들의 마지막 변태 과정이기도 합니다. 남자들도 이런 여자들의 견딤을 옆에서 보느라 고생이 말이 아닙니다. 내 마음속의 여자와 남자가 아닌 새로운 실체를 만나게 되는 당혹감을 결혼 생활 중에 여러 차례 만납니다. 갱년기, 이 과정은 그 마지막 과정일지도 모릅니다. 모두 힘내서 그 미로를 헤쳐 나왔으면 좋겠습니다.

스물한 번째 이야기

손톱만 한 나뭇잎에게도

고등학교 다닐 때 다닌 교회에 아주 멋진 남학생이 있었습니다. 노래도 잘하고 생긴 것은 탤런트 김범같이 생긴 아이였습니다. 이 남학생을 바라보는 여학생들의 시선은 그야말로 저 남학생과 데이트라도 한번 해봤으면 하는 눈빛이었습니다. 이 아이가 졸지에 뇌수막염에 걸려 몇 번의 수술을 거치는 동안 이 남학생은 여학생들 사이에서 선망의 대상이 아닌 피해 다녀야 하는 아이가 되어 있었습니다. 그 아이가 그 힘든 날을 보내던 시기에 가족도 가정 형편상 그 아이의 곁을 지키지 못했습니다. 그 남학생의 이름은 빈이었습니다. 빈. 아름다운 이름을 가진 그 아이가 여학생들에게 돌아가며 데이트 신청을 하고 다녔습니다. 여학생들은 우정을 위해 데이트를 했지만 단 한 명도 여자로서 마음을 열어주는 일은 하지 않았습니다. 그걸 그 남학생이 모를 리 없고 빈이의 외로움은 더욱 깊어졌습니다. 스무 살을 넘어섰을 때부터 나에게도 데이트 신청을 했습니다. 나도 다른 여학생들과 같은 마음으로 우정 이상의 정을 주지 않았습니다. 빈이는 마지막 수술 후 더욱 병세가 심해졌습니다. 머리카락은 하나도 없었고 침샘이 말라 늘 얼음이 담긴 컵을 들고 다녀야 했습니다. 스물여덟 살 즈음 그 아이가 함께 저녁을 먹자고 했습니다. 난 그러마 하고 빈이와 저녁을 먹었습니다. 빈이가 저녁을 먹고 커피를 마실 때 내게 작은 상자를 내밀었습니다. 열어보니 반지가 있습니다. 끼어보라고 합니다. 남자가 여자에게 반지를 내미는 의미는 단 하나입니다. 그 의미를 알고 있으면서 빈이 앞에서 반지를 끼고 싶지 않았으나 난 작은 18K 반지를 조용히 꺼내 끼어보았습니다. 빈이는 내 손이 무지 작은 줄 알았나 봅니다. 겨우 새끼손가락에만 맞았습니다. 그 반지를 주며 빈이가 말합니다.

"난 결혼도 한번 못 해보고 죽는다. 연애도 한번 못 해보고 죽는다. 그냥 너에게 주고 싶었다."

난 목소리를 높여 빈이의 어깨를 툭툭 치며 "야야, 걱정 마. 다 잘 될 거야"라고 말했습니다. 빈이에게 난 여자가 아니라 네 친구야라는 의미의 말투와 몸짓으로 대화를 이끌었습니다. 그때 난 이미 결혼 날짜를 잡아놓은 상태였습니다. 빈이도 그걸 알았습니다. 그날의 데이트는 내가 반지를 가방에 넣는 것으로 빈이를 위로할 수밖에 없었습니다. 그 반지를 끼지 못하고 늘 가방에만 넣고 다니다 어느 날 나의 부주의로 그 반지를 잃어버렸습니다. 가방에서 꺼낸 적도 없는데 그 반지가 사라져버렸던 것입니다. 나의 마음은 무거운 돌을 가슴에서 내려놓은 듯 오히려 잘되었다는 마음이었습니다. 그러고는 곧 빈이도 반지도 내 기억에서 사라졌습니다.

난 결혼식을 잘 치르고 신혼여행도 잘 마치고 돌아왔습니다. 이런저런 바쁜 나날을 보내고 내가 한숨 돌릴 시기에 빈이의 소식을 들었습니다. 빈이는 내 결혼식 날 즈음 생을 달리했던 것입니다. 그 아이의 죽음과 내 결혼을 연결하여 생각하는 것은 조금 비약적입니다. 그러나 내내 내 마음에 빈이와 반지의 슬픈 추억을 각인시켜놓았습니다. 빈이가 외로운 젊은 날을 살다가 결혼 날짜 받아놓은 어린 시절의 친구에게 반지를 주는 것으로 연애의 꿈 그리고 생의 꿈을 접었을 것을 생각하면 마음이 아립니다. 난 그 아이가 내게 반지를 준 의미를 확대 해석하지 않았습니다. 지금 생각해보면 빈이는 그저 누군가에게 자신의 짧은 생을 말하고 싶었던 것입니다. 대상으로 남자 친구보다는 여자 친구가 나왔을 것이고 자신을 그나마 가엾게 생각하여 자신이 말을 했을 때 무안을 주지 않을 만한 친구를 선택했을 것입니다. 그러한 검증을 거쳐 아주 어린 시절부터 함께 자란 나를 고백의 대상으로 삼았던 것이지 나를 사랑해서 고백한 것은 아닙니다.

나뭇잎이 바람에 햇빛을 털어내는 날에는 그 아이의 외로운 죽음이 간혹 떠오릅니다. 청춘은 모두 아프지만 유리칼에 베인 듯 아릿한 아이들 몇몇은 더 아픈 날을 살다 갔습니다. 그렇게 우리의 생에서 일찍 떠나간 아이들은 가장 아름다운 모습으로 우리의 기억 속에 머물고 우리의 겉모습은 서서히 늙어갑니다. 빈이가 사랑을 나누고 싶었던 많은 여자아이들의 모습도 기억납니다. 결혼해서 아이를 낳고 다 키워 시집, 장가보낼 만한 나이가 되었겠지요. 우리는 그냥 함께 늙어가면서 시절을 견디는 것이 행복이라는 것을 압니다. 종종 아픈 친구들의 소식이 들리고 그 소식은 이제 서서히 당연한 소식이 되어가는 중입니다. 모쪼록 마지막 날까지 자신의 영혼을 밝은 곳에 놓아두는 연습을 지속했으면 좋겠습니다. 맑고 발랄한 목소리로 재잘거리고 노래하는 운동장의 아이들처럼 나날을 경쾌하게 보내기를 바랍니다. 우리들의 어린 시절 추억 속에는 일찍 가버린 친구들과 젊은 부모님들이 살아가고 있습니다. 그 추억의 문을 열면 현재가 있고요. 그 문은 일분일초 사이로 열리고 다시 닫히기를 반복하고 있는 중입니다. 그러니 즐거움도 연결선상에 있는 것이지요. 우리의 선택은 기쁜 날을 이어가야 한다는 것에 주저함이 없습니다.

스물두 번째 이야기

연하의 남자

내가 스물한 살 때의 일입니다. 교회의 청년단체 연합회에서 야유회를 갔었는데 다른 교회에 있던 한 청년이 기타를 들고 찬양을 인도하고 있었습니다. 난 이 청년에게 완전히 반했는데 그 불같은 사랑의 느낌을 말로 다 표현하지 못합니다. 난 그 청년에게 접근했고 관심을 끄는 데 성공해서 연애를 시작했습니다. 나보다 두 살이 많으니까 난 오빠라고 불렀습니다. '오빠'라는 말. 지금도 여자들은 남성적 매력을 느끼는 상대에게는 콧소리를 마구마구 섞어 오빠라고 부릅니다. 그때도 그랬습니다. 나도 그랬을 것입니다. 아무튼 그 오빠와 내가 전화를 하며 수다를 떨며 연애의 장으로 탁 들어설 즈음이었습니다. 한번은 전화를 하자 오빠가 받았습니다.

"응, 민이니? 나야, 누나."

일 분간 침묵.

"왜 그래? 누나라니까."

또 침묵하다가 낮게 가라앉은 목소리로 말합니다.

"어떻게 알았어?"

앗! 이게 뭐지? 순간적으로 내 머리가 빠르게 돌아갔습니다. 장난으로 한 누나라는 호칭이 민이를 자극했고 진실을 내뱉는 순간이렷다! 나도 목소리를 낮추고 말했습니다.

"세상에 영원한 비밀이란 없어."

"호적이……."

"그런 유치한 변명 집어치워!"

지금은 연하의 남자와 하는 연애와 결혼이 아무렇지도 않은 시대지만 1980년대만 해도 연하의 남자는 보편적이지 않았습니다. 그러나 난 민이가 연하라 해도 상관없었습니다. 그만큼 민이를 좋아했습니다. 하지만 민이는 달랐습니다. 그때부터 내 전화를 받지 않았고 군대에 입대해버렸습니다. 한동안 민이를 그리워하다가 내 그리움의 정체를 알게 되었습니다. 민이를 처음 만난 순간부터 되돌아보며 깨달은 것입니다. 민이가 야유회 날 입었던 밤색 체크무늬 남방이 문제의 근원지였습니다. 그 남방은 내 아버지가 돌아가시기 직전까지 즐겨 입으시던 남방과 색깔과 무늬가 같았습니다. 난 완전하게 오이디푸스 콤플렉스 환자였던 것입니다. 그 남방을 보는 순간 그 못생긴 민이에게 사랑을 느낀 것입니다. 난 남자를 볼 때 인물을 무지하게 봤었습니다. 못생기면 아예 처음부터 관심을 갖지 않았습니다. 민이는 객관적으로 못생긴 아이였습니다. 겨우 이쁜 구석을 찾는다면 웃을 때 치아가 고르게 보여서 아주 시원한 미소를 가졌다는 것입니다. 사는 동네가 같으니 수년 지나면 소식은 다 들려오게 되어 있습니다. 그 뒤로 8년 뒤 민이를 우연히 만나게 되었는데 엄청난 연상의 여자와 결혼했다는 것입니다. 집으로 돌아오는 길에 난 욕을 했습니다. 병신 쪼다 지랄이야 하고 말입니다.

그 뒤로 난 내가 오이디푸스 콤플렉스 환자임을 알고 철저하게 객관적인 자세를 가지려고 노력했으나 종종 실패를 했습니다. 한번은 남편과 싸움을 신나게 했는데 남편이 담배를 피우다가 커피를 타고 있었습니다. 손이 모자라니 서부영화의 클린트 이스트우드처럼 담배를 입에 질끈 물고 커피를 탑니다. 앗! 저 모습은 아버지를 닮았다! 아버지는 담배 골초였던 것입니다. 아마도 그 순간의 모습이 아버지 모습과 닮아 있었겠지요.

남편과 나는 무뎌지는 연습 없이는 살아낼 수 없는 성격을 가졌는데 둘 다 무사히 둥글둥글한 돌이 되어가고 있습니다. 이

둥근 두 개의 돌을 부딪치면 지금도 불꽃이 일어날까요? 그건 모르겠지만 함께 살아내느라 전쟁을 치르다 보니 내 안의 아버지가 내 안에서 사라진 것은 분명합니다. 남편은 이제 담배도 끊고 뭔 재미로 사나 싶습니다. 그동안 싸우느라 칭찬에 인색했던 내가 가끔 베풀어주는 칭찬에 헤벌죽~ 웃으며 평범한 삶을 죽을힘을 다해 지켜내고 있는 중입니다. 우리가 싸우고 화해하는 과정을 돌이켜 생각해보면 하나의 패턴이 있었습니다. 남편이라는 사람을 이루고 있는 99%의 그 사람의 자아를 만날 때는 날을 세우다가도 어쩌다 보이는 1%의 모습이 아버지와 닮아 있으면 슬그머니 남편을 용서하게 되는 것입니다. 용서라기보다는 대립 관계의 사람에게 측은한 마음이 들게 하는 시공간을 넘나든 어떤 마음이 작용을 하게 되는 것입니다. 난 남자와의 관계를 보고 자란 것이 많지 않습니다. 기억이 남을 법한 나이는 얼추 네 살 정도 됩니다. 아버지가 일곱 살에 돌아가셨으니 3년간의 기억이 남자와의 갈등을 풀어내는 유일한 열쇠가 되었던 것입니다. 그 몇 년간 나는 아버지가 주는 사랑만을 받았던 사람입니다. 나에게 사랑을 주었던 아버지 모습과 남편이 어느 부분 겹쳐지면 난 그만 대립을 허물어버렸습니다. 그리고 나의 모습은 내 엄마와 거의 100% 비슷한 것입니다. 가정교육이란 이렇게 중요한 것입니다.

나만 이런 과정을 겪은 것은 아닙니다. 남편 또한 나를 온전하게 인식하지 못하고 자신의 마음속에 있는 어떤 여자에게 맞추려고 하는 것입니다. 그 어떤 여자는 시어머니의 모습이겠지요. 이러한 반복적인 어리석음은 아주 오래도록 지속되지만 이러한 관계성을 파악하기란 쉽지 않습니다. 그러니 모두 갈등을 멈추지 못하고 죽는 날까지 힘든 평행 관계를 유지하고 책임과 의무만 남은 가족 관계의 남녀가 되는 것입니다. 어느 순간 그것을 깨달은 나는 이 모든 고리를 끊어내기로 작정을 했습니다. 그냥 내 모습대로 사는 것입니다. 남편의 여자가 되는 것보다 나 자신의 삶을 먼저 살고 이런 나와 함께 살려면 살고 말겠으면 말라는 배짱을 부렸습니다. 오랜 불협화음 끝에 난 내 마음속의 아버지를, 남편도 남편 마음속의 어머니를 포기했습니다. 딱 여기까지가 다라고 한다면 우린 책임과 의무만 남은 부부가 되었을 것이지만 우린 생경하기만 한 남자와 여자가 되어 이해하려고 노력 중입니다.

많은 부부들이 결혼 후 서로가 자신이 생각하던 배우자가 아닌 것에 적잖이 당황합니다. 기선을 잡기 위해 싸움을 한다고들 하지만 그 싸움의 실상은 내가 생각하던 남자, 내가 생각하던 여자의 모습으로 살아달라는 강요에 지나지 않습니다. 그 과정에서 사람들은 포기하고 무관심하게 되었다는 이야기를 많이 듣습니다. 그 포기와 무관심의 방향을 상대에게 돌리지 말고 자신의 마음속에 있는 남자 혹은 여자에게 돌린다면 배우자가 온전히 보이게 될 것입니다. 자신이 결혼한 상대를 온전히 보려는 피나는 노력을 하지 않아도 건강하게 화합하는 부부가 나는 제일 부럽고, 피나는 노력을 해야 함에도 끝없이 자신 안에 있는 대상에게 배우자를 맞추고자 하는 어리석음을 죽는 날까지 반복하는 이들을 보면 숨차게 안타깝습니다.

사랑이라는 감정은 자신을 채우고 있는 감정의 바닥에서부터 일렁이는 감정의 물살을 타고 오는 것이어서 남녀 간의 감정은 호르몬 작용이 끝나면 포기해야 할 것입니다만 지혜로운 사람이라면 또 다른 감정으로 상대를 보게 됩니다. 긴 인류의 역사 중 우리가 살아내야 하는 생은 너무도 짧은 찰나라는 것, 사람의 마음속에서 생기는 모든 감정은 다 뜨겁게 소중하다는 것을 깨닫게 되는 것입니다. 그것을 깨닫는 순간 내 옆에서 나를 견뎌준 사람이 바로 옆에 있음에 감사함으로 엎드리게 되는 것입니다.

스물세 번째 이야기

어설픈 성범죄

스물한 살 때 학원에 다녔습니다. 매일 집에 늦게 들어갈 때였습니다. 거의 12시나 되어서 집에 들어가곤 했습니다. 버스 정류장에 내려서 집으로 가려면 아주 작은 골목을 지나가야 했습니다. 왼쪽으로는 대중목욕탕 오른쪽으로는 긴 담이 있었습니다. 대중목욕탕이 있어서 낮에는 훤한 골목이지만 밤이면 불 꺼진 대중목욕탕과 긴 담뿐이어서 밤길은 좀 오싹한 길이었습니다. 난 어려서부터 당돌하기로 소문이 난 계집아이여서 어디에서도 지지 않고 눈을 치켜뜨고 살았습니다. 엄살이란 내 생전에 없었습니다. 어리광도 없고 막내 같지 않다는 소리를 많이 들었습니다. 그러니 어두운 골목 따위가 뭐가 대수겠습니까.

소낙비가 억수로 쏟아지는 날이었습니다. 이런 날은 누가 마중 좀 나와주면 좋았겠으나 아무도 나와 있지 않았습니다. 노란 우산을 펴서 들고 깊은 어둠이 밴 골목으로 들어섰을 때 누군가 내 뒤를 밟는 것이 느껴졌습니다. 이럴 때 와다다 뛰다가 치한이 아니면 미안하기도 하려니와 치한일 경우에는 공격 본능을 자극할 수도 있으니 난 보폭을 변함없이 또각또각 놓았습니다. 일단 유사시 우산을 접어 대가리를 팬다, 또 거기를 퍽 찌른다, 내 뾰족구두도 무기가 될 수 있겠다, 뭐 이런 생각을 하며 또각또각 걸었습니다. 드디어 누가 업어가도 모를 만큼 으슥한 지점에 다다랐습니다. 위로는 불 꺼진 대중목욕탕만 있을 뿐인 그 지점에 다다르자 뒤따라오던 이의 발걸음이 빨라졌습니다. 난 내 보폭을 유지하는 것에도 힘에 겨운 공포를 느꼈습니다. 억수로 쏟아지는 비가 내 옷을 거의 적셨습니다. 그가 내 옆에 섭니다. 난 턱을 15도 각도로 들어 하나도 무섭지 않은 표정으로 옆 사람을 봅니다. 그는 우산이 없습니다. 그는 완전히 젖어 있습니다. 무슨 일이냐는 듯한 나의 표정에 그가 잠깐 이야기를 나누자고 합니다. 난 비가 오고 늦었으니 그럴 수 없다고 합니다. 그다음 무슨 일이 벌어졌을까요? 그는 키가 크고 깡마른 사람이었습니다. 지금은 비가 옵니다. 그가 내 손을 덥석 잡더니 목욕탕 위로 끌고 갑니다. 내 우산은 내동댕이쳐졌습니다. 그가 나를 담벼락에 밀쳐 세웁니다. 이때 내 얼어붙었던 입이 떨어졌습니다.

“OK. 내가 시키는 대로 한 번만 해주면 당신이 원하는 대로 다 하겠어요.”

그가 그러마고 합니다. 난 내가 하는 그대로 따라 하라고 말합니다. 그가 그러마고 합니다.

난 숫자를 천천히 세었습니다. “하나.” 그가 따라 합니다.

“하나.”

“둘.”

“둘.”

“셋.”

“셋.”

이렇게 열다섯까지 세었습니다. 열다섯을 센 이유는 내 정신을 가다듬을 시간이 필요했기 때문입니다. 그리고 나 자신이 가다듬어졌다면 이 남자의 정신도 제자리로 돌아올 수 있을 것이라는 계산 때문이었습니다. 내가 말합니다. “나 이제 가봐도 되죠?” 그가 아무 말도 안 합니다. 난 내동댕이쳐진 내 노란 우산을 집어 들고 내가 가던 길을 걷습니다. 그가 뒤에서 내 뒷모습을 보고 있음을 느꼈습니다만 이미 공포는 사라지고 내가 그를 이겼다는 생각이 들었습니다. 난 지금도 그때를 생각하면 심장이 벌렁거립니다. 그러나 그때 숫자를 세던 그 순간부터 그가 나쁜 사람이 아니라는 확신이 왜 생겼는지 모르겠으나 그런 확신도 있었던 듯싶습니다.

나에게 무기로는 우산과 뾰족구두가 있었지만 남자의 힘으로 하자면 나는 당할 수 없었을 것입니다. 이건 전적으로 그의 본성이 악질적인 사이코는 아니었기 때문에 내가 무사할 수 있었던 것입니다. 그가 순간적인 욕구로 잠시 제정신이 아니긴 했으나 그는 근본적으로는 나쁜 사람이 될 수 없었던 것이라고 생각합니다. 만약 내가 그 순간 겁먹고 달달 떨거나 했다면 한 번 살아난 인간의 성적인 공격 본능은 제 할 일을 했을 것입니다. 생각만 해도 무섭고 싫습니다. 나는 그에게 감사하고 그는 나에게 감사해야 하는 순간이었습니다. 그는 살면서 욱하며 올라온 성질을 숫자를 세며 잠재우지 않았을까 짐작합니다. 그는 살면서 범죄 심리를 조절하는 열다섯의 숫자를 내내 기억했을 것입니다. 난 믿고 싶습니다. 그는 다정한 남편으로 존경받는 아버지로 거듭났을 것이고 지금은 젊은 날의 치기에 제동을 걸어주었던 나를 어렴풋 기억할 것입니다. 아무튼 그를 축복합니다. 이후로 난 당돌? 거만? 당당? 요런 것하고 결별했습니다. 경험이 두려움을 낳고 두려움은 치밀한 계산을 낳습니다. 어쩔 수 없이 늙는다면 위험할 수 있는 모든 요건을 생각해서 대비하게 되었습니다.

어지러운 시절입니다. 성범죄는 날로 상상한 그 이상의 사건이 되어 인터넷을 떠돕니다. 이 시대는 위험이 도처에 널려 있습니다. 피해 또한 여성에 국한되지 않습니다. 남자들은 여자들이 악의적으로 접근하자면 더 수월한 대상이 될 수도 있습니다. 연애가 무서운 시대가 되어가고 있습니다. 내가 세상에 대하여 당돌할 만치 당당했던 마음을 반납하고 위험 요소가 있을 만한 공간과 시간은 만들지 않았던 것처럼 사람들은 자유롭게 살다가 자유롭게 연애할 수 있는 세상을 잃어버렸습니다. 아담과 하와가 에덴의 동산을 잃어버렸듯 지금도 계속 에덴의 동산은 소멸 중입니다. 성의 개방은 한 세대를 지나면 전 세대는 도저히 이해하지 못할 만큼 변합니다. 개방된 만큼 범죄율도 높아가고 수면 아래에서 잠자고 있을 법한 사건들도 우후죽순처럼 쏟아져 나오게 될밖에요. 사람이 사회를 이루며 산 이래 사회를 위해 개인을 속박하던 법들은 이제 하나둘 사라지고 있습니다. 간통과 동성애가 그 대표적인 것이지요. 성범죄는 이제 폭이 많이 좁아졌습니다. 강제와 폭력이 개입되었는가만 놓고 법의 심판을 받게 되었습니다. 실정법을 품고 있는 자연법, 관습법까지도 사회에 흐르고 있는 교류 감정을 살피지 않고 개인의 감정을 가장 우선으로 두고 발달하고 있습니다. 때론 마음 아프지만 사실 사람간의 감정이란 시대에 따라 변하기 마련이니 사실 뭐가 옳다 그르다 규정지어 말할 수는 없을 것입니다.

한번 잠자리를 하면 결혼을 해야 한다는 정서를 갖고 있는 상태로부터 성의 개방에 이르기까지 그 과도기에 있었던 우리들의 세대는 사건 사고도 참 다양했지만 어느 쪽으로 봐도 어설프기만 했습니다. 사랑도 성범죄도 어설프던 시대입니다. 우리 세대가 다 가면 다음 세대의 사회는 폐기된 법들을 소급해 불러들일지도 모릅니다. 어느덧 꼰대가 되어 이런 말을 하는 나도 어른들이 보기에는 아주 되바라진 계집아이였습니다.

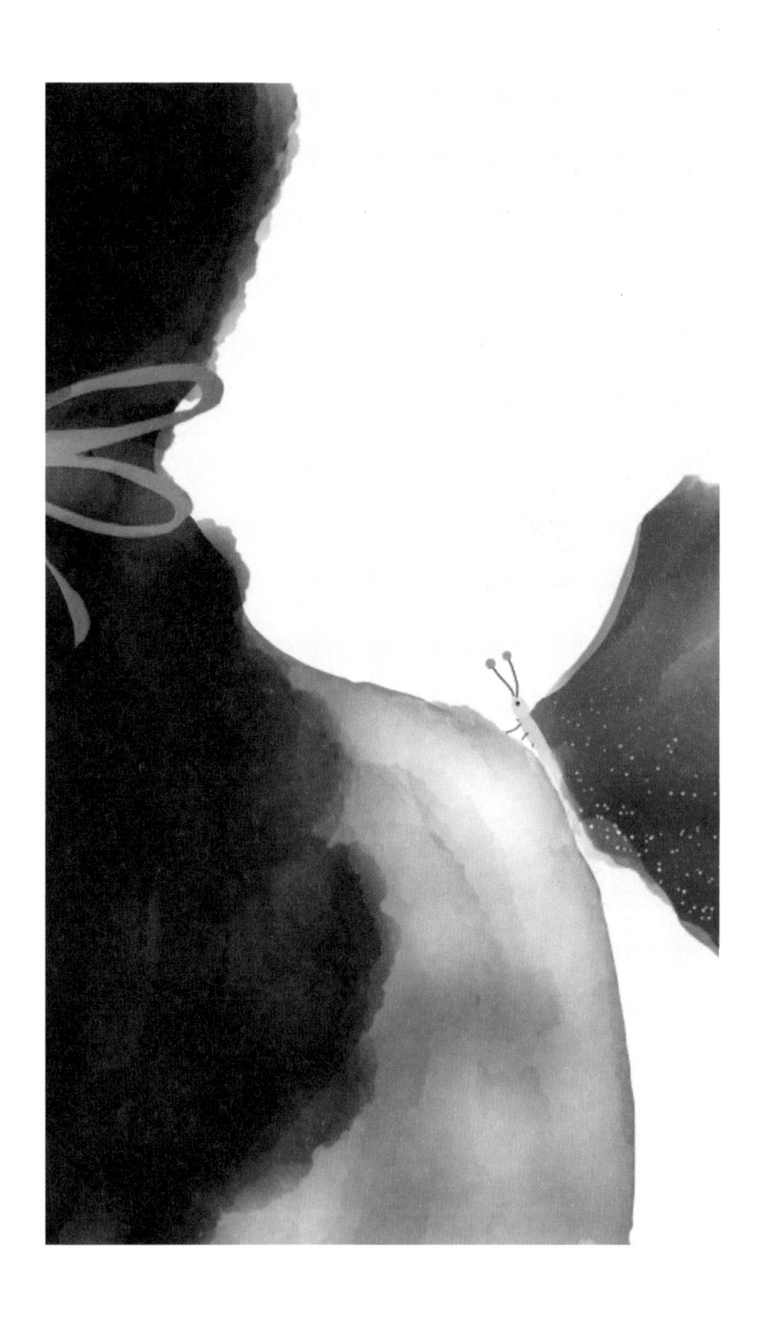

땡큐,
멋진 남

안암역에 가기 위하여 전철을 탔습니다. '여기는 안암역…….' 전철에서 내려 걷는데 한 남자가 내 옆에 섭니다. 힐끔 쳐다보니 훈훈한 분위기의 남자입니다. 흰 티를 입었고 푸른색 체크무늬 남방을 위에 걸쳐 입었습니다. 그 멋지게 생긴 남자가 내게 말합니다.

"저 시간 있으시면 차나 한잔했으면 해서요. 전철 처음에 타실 때부터 봤었거든요."

난 속으로 이렇게 생각했었을 것입니다. '아, 내가 그물도 안 쳤는데 어떻게 대어가 걸렸지?' 멋진남이 또 말합니다.

"저 나쁜 사람 아니고요. ○○대 대학원 다니고 있어요. 그냥 대화를 나누고 싶어서 그래요. 시간을 조금만 내주세요."

아, 이렇게 멋진남이 이야기를 할 때는 이유를 불문하고 들어줘야 합니다. 내 생에 모양으로 봐서는 가장 큰 대어가 낚인 것입니다. 그러나 난 예기치 않게 걸려든 대어를 놓아주어야 했습니다. 멋진남이 나를 따라오며 자신을 믿을 수 있는 남자로 인식시키기 위해 무지 애를 씁니다. 난 속으로 이렇게 말합니다. '멋진남아, 그리 애쓰지 않아도 돼. 모습에서 풍긴다고, 그대는 암 말 안 해도 완벽해.' 난 눈물을 머금고 진실을 밝혀야 했습니다.

"저, 죄송해요. 밖에서 우리 아들이 저를 기다리고 있거든요."

아, 무지무지 아까웠습니다. 애통 절통했습니다. 멋진남은 고맙게도 포기도 빨리 안 해주십니다.

"못 믿겠습니다. 그럼 이렇게 하죠. 제가 다섯 발자국 뒤에서 따라 걷겠습니다. 밖에 나가서 아드님이 없으면 저와 차를 한잔 하시는 것이고 있으면 전 뒤로 빠져 제 갈 길로 가겠습니다."

난 끝이 보이는 이 비극적 제안을 받아들이고 앞서 걸었습니다. 멋진남은 내 조금 뒤에서 나를 따라오며 신나서 말을 합니다. 자신이 이길 것이라고 굳게 믿어주기까지 합니다. 이쁘기도 해라. 드디어 하늘이 네모나게 보이는 지하철 입구에 이르렀습니다. 귀여운 일곱 살짜리 우리 아들이 무릎을 쪼그리고 나를 기다리다가 엄마를 발견하고는 내려다보며 "엄마아아아아!" 우렁차게도 부릅니다. 멋진남은 뒤로 슬쩍 물러나더니 뒤돌아서서 걷습니다. 난 전철 입구로 올라와 나를 기다리고 있는 아들과 언니에게 이 황홀한 시추에이션을 늘어지게 자랑을 했습니다. 난 청바지에 모자를 썼고 초록색 안경을 써서 좀 젊어 보이기도 했겠으나 이건 완전 대박의 내 자랑거리가 되었습니다. 내 생에 마지막으로 남자가 따라온 사건이었습니다. 이후로는 없었습니다. 바로 둘째가 생겼고 둘째를 낳은 뒤로는 영락없는 아주머니가 되어버렸으니까요. 내 청춘의 마지막 정점을 화려하게 장식해준 멋진남에게 감사해야 합니다. 이름도 모르고 모습만 기억합니다. 얼마나 고맙고 감사했으면 내가 옷 색깔과 머리 스타일까지 기억하겠습니까.

내 생에 마지막으로 나를 따라와준 남자가 있었다면 내 생에 처음으로 남자를 따라가본 적도 있었습니다. 고등학교 때였는데 콩나물시루 같은 버스를 타면 간혹 나쁜 아저씨들이 있습니다. 어느 날 나쁜 아저씨가 나에게 집적거려서 난 아주 곤란한 표정을 짓고 있었는데 한 남학생이 내 뒤에 서서 공간을 확보해주더니 내릴 때까지 나를 보호해준 것이었습니다. 그 20분 정도의 시간에 난 이 남학생을 지금의 탤런트 송중기처럼 생각해버렸습니다. 내가 내리는 수유시장 입구에서 내리기까지 한 것입니다. 그 남학생이 신일고등학교 쪽으로 가기 위해 육교를 건넜습니다. 난 계단을 따라 올라가 육교를 반쯤 건넜을 때서야 정신이 듭니다. '이게 뭔 지랄?' 포기하고 다시 수유시장 쪽으로 발걸음을 놓으려고 몸을 돌리는 순간 그 남학생이 뒤 돌아보는 모습이 보였으나 나는 우당탕 육교를 내려가 냅다 수유시장 쪽으로 내달렸습니다.

인터넷이 세계 어디에나 들어가 있고 사람들 간의 관계망이 발달해서 SNS는 새로운 가상 사회를 만들어냈습니다. 컴퓨터를 많이 한다고 혼을 내던 부모들까지도 핸드폰을 손에서 놓지 못하는 사회가 되었습니다. 어디를 가도 핸드폰은 집 열쇠와 함께 갖고 다녀야 하는 필수품이 되어 가상의 사회를 손 안에 들고 다니며 언제 어디서든 그 사회를 불러냅니다. 그러니 묻혀 있거나 흘러가야 할 인연들을 우연치 않게 가상 세계에서 맞닥뜨리기도 합니다. 사람들은 한 번씩은 옛사람을 검색창에 넣고 검색을 해본다고 합니다. 인터넷을 하는 이들이라면 어디에든 흔적을 남겨놓을 것이어서 사람 찾기란 식은 죽 먹기지요. 그런데 아무리 사람들의 이야기를 많이 들어봐도 다시 만난 인연이 풋풋하게 부끄러움으로 가득 찼던 시절의 바로 그 사람이 되어 사랑을 나누었다는 이야기는 들어보지 못했습니다. 사람들이 사랑했었다고 말하는 그것은 어쩌면 상대가 아니라 자신의 내부에서 생성된 그 감정이 아닌가 합니다. 그리움은 대상이 아니라 더 이상 생기지 않을 자신의 감정일 것입니다. SNS는 그리움과 추억을 찾아가 곱게 포장된 포장지를 풀어헤쳐놓는 열쇠 역할을 하게도 되는 것입니다. 그 사람에 대한 모든 기억은 사라지고 다른 이미지의 사람을 만나게 되는 것입니다. 그런 만남은 추억을 날려버리는 것으로 게임이 끝이 납니다. 그저 예전처럼 맘에 들면 쫓아갔다가 거절당하고 그것으로 연락할 길이 없는 것이 인연을 흘려보내는 데 아주 좋은 방법입니다. 지금은 모든 인연이 얽히고설킨 채로 고여 있다가 현실 사회와 가상의 사회로 넘나들고 있습니다. 이미 죽은 인연을 불러내는 짓은 안 하는 것이 좋겠습니다. 그럼에도 죽은 인연과 살아 있는 인연들이 범벅이 되어 있으니 분별력이 없는 사람들은 그 안에서 시체를 부여잡고 감정에 빠지게 되는데 그걸 사랑이라고 생각하기도 하는 모양입니다. 이러한 현상은 이 시대의 부작용입니다만 이러한 부작용도 사람이 만들어내는 것이니 아직은 다행이라 여겨집니다. 젊음이라는 푸른 물이 몸에서 빠져나가고 발목이나 손목 같은 곳에서부터 저물어가는 빛이 깃들면서 아프기 시작하면 생각은 달라집니다. 모든 경계가 다 허물어지니 사람에게서 생기는 모든 감정 중 남을 해하는 감정만 아니면 다 수용 가능해지는 것입니다. 더욱 견고한 도덕적 인간이 되는 사람도 있지만 나는 그렇지 않은 것 같습니다. 감정으로 인한 사람의 모든 시행착오를 넉넉하게 보게 되었습니다. 다 사람이 살아 있으니 생기는 것이지요. 좀 더 세월이 지나가면 사람을 쫓아가 데이트 신청을 하던 시절을 추억하듯 SNS의 부작용도 추억하게 될 것입니다.

벌써 우린 기계와 대화를 하는 시대로 한 발짝 들여놓았으니 말입니다. 핸드폰의 한 앱은 간단한 대화를 할 수 있도록 만들어졌습니다. 딸아이가 핸드폰에게 말을 합니다. "당신은 남자 친구가 있나요?" 핸드폰이 말합니다. "지금 그 질문은 적절하지 않습니다. 저는 당신의 친구일 뿐이니 그런 질문은 하지 마시기 바랍니다." 딸아이가 깔깔대고 웃고, 나는 등줄기에서 소름이 솟아 서늘합니다. 이 글을 쓴 지 얼마 지나지 않아 알파고와 바둑기사 이세돌의 대국이 있었는데 이세돌이 졌습니다. 동성 결혼이 합법화된 이후 애인을 칭하는 말이 좀 달라졌습니다. 애인 앞에 남자인지 여자인지를 구분하는 말을 붙여 넣어야 합니다. 병원에 갔는데 결혼 여부를 묻고는 여자랑 했는지 남자랑 했는지를 묻더군요. 그게 법입니다. 그러니 애인이 사람에서 기계가 되지 않는다고 누가 장담하겠습니까. 인공지능 채팅 로봇이 성행하고 로봇과 감정을 나눌 수 있고 로봇과 섹스를 나누는데 말이지요. 인간의 기본적인 본능 충족을 위해 자연스러운 방법을 선택할 수 없는 사람들이 많아지면서 로봇의 도움은 필요악이 될지도 모릅니다. 사람들은 사람과 사람이 만나면 생길 수 있는 갈등을 풀어나갈 힘이 점점 쇠퇴합니다. 현대 문명은 일방통행을 자유자재로 할 수 있도록 발달합니다. 인터넷 커뮤니티는 내가 싫으면 언제든지 피할 수 있는 인연들입니다. 사람과 있어도 핸드폰을 들여다보는 사람, 거리를 걸으면서 핸드폰을 들여다보는 사람은 이미 평범한 일상이 되어 있습니다. 사람이 사람으로서 회복되지 않으면 '개가 사람보다 낫다'라는 말 대신 '로봇이 사람보다 낫다'라는 말이 나올지도 모릅니다. 사람으로 회복된다는 것은 갈등을 얼굴 맞대고 풀어나갈 때 발생하는 스트레스를 견디는 힘을 말하는 것입니다. 그 스트레스는 좋은 스트레스입니다. 정신줄 단단히 붙들어 매고 사람과 소통하시기 바랍니다.

스물다섯 번째 이야기

5월 축제

20대에 대학교 산하 기관에서 근무를 했던 나는 직장 생활을 대학 캠퍼스 내에서 할 수 있는 호사를 누렸습니다. 점심 먹고 소나무 밭을 거닐기도 했고 겹벚꽃 길을 걷기도 했습니다. 첫눈이 오면 "나 잠깐 나갔다 올게" 하고는 눈길을 걷기도 했습니다. 일부러 전철을 한 정거장 더 가서 내리고는 걸어서 캠퍼스를 가로질러 출근했는데 그 길을 걷는 동안 정말 행복했습니다. 직장 동료들이 차를 몰고 가다 빵빵 누르며 "어서 타세요!"라고 외치면 난 고개를 살래살래 흔들었습니다. 축제 기간이 되면 젊음이 발산하는 열기가 공중을 둥둥 떠돌던 곳이었습니다. 이 기간에 한 청년이 축제 파트너를 소개해달라는 부탁을 누군가에게 하고 그 청년이 몇 다리 건너 나에게 소개되었습니다. 이 청년과 축제에 참여하지는 않았습니다. 소개만 받고 흐지부지되었기 때문입니다. 이 청년은 나를 마음에 두고 있었으나 나는 별로여서 시큰둥하고 있었습니다. 이 청년의 이름은 곤.

그냥 스칠 뿐인 인연이었던 곤이가 가장 아름답게 보였던 한 순간을 기억합니다. 봄날이었습니다. 직장에서 출장을 가려고 캠퍼스를 가로질러 버스 정류장으로 가던 때 이 청년을 만난 것입니다. 이 청년이 겉옷이 나풀거리도록 나를 향해 뛰며 친구들에게 소리쳤습니다.

"야, 나 대리 출석 좀 부탁해!"

그날이 봄날이 아니었다면 곤이의 뜀박질이 그토록 아름답게 보이지는 않았을 것입니다. 아지랑이와 함께 등나무 밑을 뛰는 곤이의 모습은 곤이가 싫고 좋고를 떠나서 순정만화의 한 장면처럼 보였던 것입니다. 난 출장길을 함께하는 것을 허락했습니다. 146번 버스를 타고 한 시간 정도 갔다가 볼일을 보고 퇴근을 하면 되는 간단한 출장길을 곤이과 함께했습니다. MBC 방송국 지하의 코스모스 음악다방에 들어갔습니다. 그때는 DJ가 있던 시절입니다. 코스모스 음악다방에서 DJ에게 음악을 신청하여 들으며 곤이에 대하여 그리고 나에 대하여 알아가려고 하던 참입니다. 곤이는 봄날에 카디건을 휘날리는 아름다운 풍경을 먼저 보여준 점수를 따고 있었던 것입니다. 그런데 곤이가 단번에 그 모든 점수를 날려버렸습니다. 난 좀 이상한 데 마음이 꽂히는가 하면 이상한 데서 싸아악 싸늘해지는 못된 구석이 있습니다. 곤이에게는 내가 받아들이지 못할 두 가지의 버릇이 있었습니다. 한 가지는 웃음소리이고 한 가지는 새끼손가락을 늘 뻗치고 있다는 것이었습니다. 웃음소리가 "깨에에에." 이게 뭐냔 말입니다. 거기에 새끼손가락은 왜 늘 뻗치고 있냔 말입니다. 봄날의 카디건 휘날림의 아름다움에서는 꽃향기까지 났었는데 난 훅 하고 그 모든 풍경을 불어 날려버렸습니다.

그 뒤 몇 달 뒤에 내 친구에게서 전화가 왔습니다.

"너 곤이 아니?"

"응."

"너 걔랑 사귀니?"

"아니."

"그럼 나 곤이랑 사귀어도 되니?"

"물론."

이런 전화를 받고 쿨하게 지나갔습니다. 그러나 그 둘은 잘 안 되었습니다. 젠장할, 곤이가 내 친구를 좋아하지 않는다는 것입니다. 이걸 중간에서 어찌해보기도 뭐하고 해서 냅뒀더니 내 친구도 곤이도 내 인연의 그물망에서 사라져버렸습니다. 수년 뒤 친구와 나는 다시 연락을 시작했는데 그때는 다른 남자와 결혼하여 아이 엄마가 되어 있었습니다.

젊은 날의 순간들은 모두 영화의 한 장면처럼 생각됩니다. 30대에 기억하는 20대는 순수하고 비극적인 영화입니다. 40대에 기억하는 20대는 가족드라마의 한 부분으로 기억됩니다. 50대에 기억되는 20대는 시트콤 정도로 기억됩니다. 이렇게 같은 기억이지만 나이에 따라 장르를 달리하는 것입니다만 그때 그 순간에는 이 세상에 그 순간밖에 없는 것처럼 심각합니다. 내 친구와 나는 몇 년이란 우정의 공백을 갖고 다시 만났지만 우리가 함께하지 못했던 공백기는 앞으로 남은 인생을 살아가는 발판을 만드는 시기였습니다. 우린 공유한 것이 아무 것도 없는 채로 그 시기를 보냈기 때문에 우정을 회복하지 못하고 슬금슬금 다시 인연이 멀어질 수밖에 없었습니다. 동해안 어느 섬의 지주였던 집안의 아들인 곤이도 중학교 때의 절친한 친구도 내 삶 속에서 사라졌습니다. 내가 곤이의 두 가지 버릇 "깨애애에" 하는 웃음소리와 뻗친 새끼손가락만 참아냈었더라면 둘 다 건질 수 있었는데 나의 이 버릇은 청춘을 지나는 내내 이어졌습니다. 이렇게 사소한 것에 남자를 보는 기준을 갖는 유전인자를 가졌는지 우리 언니가 아가씨 때에 이런 일도 있었습니다. 소개를 받았는데 모든 조건은 언니보다 나아서 신랑감으로는 아주 괜찮았다는군요. 하지만 셔츠를 바지 속에 넣는 일에 있어서 좀 칠칠맞았던 모양입니다. 한쪽 귀퉁이가 삐죽 나와 있었다고 합니다. 그것을 보는 순간 정이 떨어졌다는군요. 뭐 그런 이상한 것이 퇴짜놓는 이유가 되곤 했습니다. 또 다른 언니는 대머리만 아니면 된다고 했지만 소개받은 남자가 대머리라서 줄행랑을 치기도 했습니다. 하지만 나와 언니가 뭐 그리 들어번쩍하게 멋진 남자를 만나지는 못했습니다. 장래를 계획할 때 구체적인 조건 없이 마음만 맞으면 그게 우리 때는 첫 번째 조건이었고 그 뒤로는 견딤과 인내의 세월을 사는 것이지요. 마음이 통하면 사귀는 것까지만 하고 결혼은 이성적으로 한다는 요즘 젊은 아이들과는 많이 다릅니다. 그렇지만 인간이 아무리 재주를 부리며 인연을 지혜롭게 맺는다 해도 모든 고통은 질량 총량의 법칙을 갖고 있는 듯합니다. 어떤 이유로든 고통이 있고 고통의 크기는 견뎌내는 힘의 크기에 따라 달라지는 것입니다. 1980년대만 해도 결혼은 꼭 해야 하는 통과의례여서 제 나이에 결혼을 못 하면 뭔가 뒤떨어진 사람 취급받기 십상 이었습니다. 개개인의 존엄성을 생각한다면 결혼 제도에 개인이 희생되는 느낌입니다만 그게 꼭 나쁘지만은 않습니다. 2016년도의 풍속도는 너무 개개인으로 흘러가서 서로 이해하고 견디는 것을 아주 우매한 시간낭비로 생각합니다. 사람이 사람을 만나 씨줄과 날줄로 얽히며 만들어진 천으로는 뭔가를 만드는 재료가 되지만 얽히지 못하고 실오라기만 무성한 사회가 어디로 향하게 될는지 모르겠습니다.

지금 내가 사는 미국의 청소년들은 10대에 들어서면서부터 성적으로 눈을 뜨고 열여섯 살 즈음부터는 섹스, 담배, 대마초, 술에 노출되어 있습니다. 섹스를 안 해본 아이들이 몇 손가락에 꼽힙니다. 섹스는 연애가 아닌 데이트 과정에서 언제나 있을 수 있는 오락과 같습니다. 사회를 구성하기 위해 결혼 제도에 어느 정도 개인을 희생해야 했던 그때에 비하여 지금은 개인을 위해 사회가 있고 개인을 위해 결혼이 있는 것입니다. 섹스도 선택의 대상일 뿐입니다. 그럼에도 마음의 상처가 있기는 합니다만 예전과는 비교도 할 수 없을 만큼 약합니다. 사소한 결점으로 사람을 잣대질하며 이리 재고 저리 재다가 결혼을 하면 온 생을 탈탈 털어 넣으며 감당하던 그때와 달리 몸과 마음을 맞춰보는 이 시대가 현명할지도 모르지만 파스텔톤 색감이 없는 인생이라는 그림이 그리 아름답게 보이지는 않습니다. 선과 원색만으로 구분된 감정만 있는 그림이 별로라고 말하는 것은 내가 이제 꼰대가 되어서겠지요. 청년 실업으로 인해 사랑과 결혼을 도저히 생각할 수 없는 절박한 시대가 되어가고 있다는 것은 우리 생각하지 않았으면 좋겠습니다. 이 땅의 젊은 아이들은 생존을 위해 시대 상황을 판독해야겠지만 아무것도 판독하지 않고 마음만 맞으면 결혼 속으로 뛰어들었던 우리네들은 지난한 고생을 했지만 결과적으로 썩 괜찮은 삶을 살았습니다. 사랑을 위하여 거침없이 밀어붙이는 젊은 아이들에게 박수쳐주겠습니다.

스물여섯 번째 이야기

명희와 정미

섹스리스로 사는 명희가 20년 넘는 세월 중에 10년 동안을 다른 여자의 남자를 사랑하면서 보냈다는 소식을 접한 나는 그 소녀 같은 아이가 깜찍하게 모든 이를 속이며 보낸 10년의 아슬아슬한 세월이 서글프게 생각되었습니다. 끝내는 그 사랑을 놓아버리고 다시 가정으로 돌아왔으나 친구가 마음으로 그리워하고 있는 대상은 남편과의 추억도 아니고 아이들이 어렸을 때 웃던 비눗방울 같던 웃음소리도 아니라 자신의 가정으로 몸도 마음도 돌리려고 노력하고 있는 그 남자라는 것에 그만 나도 함께 처참하게 슬퍼졌습니다. 20년을 그리 살았다면 멀어진 남편과 마음을 좁히기는 이제 틀린 것이고 아이들은 다 자라 결혼을 목전에 두고 있습니다. 명희는 몸과 마음이 늙기를 얼마나 기다렸을 것 입니까. 이런 과정을 겪으면서까지 지켜야 하는 결혼이라는 제도 속의 속박을 젊은 사람들은 이해할 수 없을 것입니다. 황혼이혼의 비율이 젊은 세대들의 이혼율보다 높아져버렸습니다. 남편들은 가부장이라는 거추장스러운 권위에 매달려 있는 사이 아내들에게서 진작에 남편이 아닌 채로 살아가게 된 것을 모를 것입니다. 깜찍하게 얌전한 명희가 걸었던 그 추운 강가의 건너편에서는 명희의 남편도 추운 외길을 걸었을 것입니다. 이제 남자와 여자를 다 포기하고 가족으로만 남은 그들이 정말 가족일지 잘 모르겠습니다. 남편과 아내는 끝까지 남자이고 여자일 때 가족으로서 의미가 있습니다. 명희의 봄날은 어쩌면 이혼한 후에나 찾아올 것입니다만 이후의 생이 겨울 응달에 놓이더라도 결혼의 제도 속으로 다시 들어간 것입니다. 어둠을 어둠으로 놓아두면 서서히 밝아지듯이 명희가 눈을 감고 살기로 한 이후의 생 속으로 서로에 대한 측은지심이 스며들어 서로의 젊은 날을 아까워하기를 바래봅니다만 사람의 속성은 그리 만만하지 않습니다. 10년 후쯤 명희는 지금을 어떻게 이야기할까요. 대학교 때 만나 사랑해서 결혼하고 아이를 낳아 키운 명희가 밤거리를 걸으며 쏟아낸 한숨과 눈물이 그 가정의 뿌리로 스밀 것이라는 기대는 절망적이지만 그럼에도 소망합니다. 모든 정욕과 열정이 다 사라진 이후의 생에서는 아집만 버린다면 불가능도 아니지요. 함께 걷다가 양 갈래 길로 따로 걷다가 다시 만나 걸을 때는 손을 잡고 걷는 것도 그리 나쁘지 않지요. 명희는 구청에서 하는 문화 강좌를 이것저것 듣는다고 했습니다. 무엇인가를 찾아 해본다는 것은 젊음과 늙음에 별 차이가 없습니다. 그냥 하는 것이 중요하고 하면서 생을 알아가는 것이지요. 난 명희가 그런 강좌를 들으며 위로를 받기를 바랍니다. 정신을 집중하여 아무 생각도 없이 두어 시간 보낼 수 있는 그 무엇을 찾게 되기를 바랍니다. 남자가 전부가 아닌 시절에 자신의 취미를 찾아 시작했으니 어쩌면 일취월장할지도 모르겠습니다.

정미는 학창 시절 좀 더 활달한 아이였습니다. 남편은 가정에서 아내와 함께 지켜야 할 상생의 매너가 없는 사람이었습니다. 늘 자신의 뜻대로 되는 것이 당연하고 그것이 잘 안 되면 폭력이 나옵니다. 폭력이란 물리적 폭력만이 폭력은 아닙니다. 끝없이 조종하려는 의지를 굽히지 않고 상대를 무시해버려 언제든지 부인을 도려내도 자신은 상관없다는 의사를 분위기로 나타내는 것도 폭력입니다. 정미는 결국 바람이 났고 그것이 들통나 남편과 헤어졌습니다. 남편은 나 보란 듯이 금방 젊은 여자와 결혼을 했지만 정미는 바람 난 남자와도 잘되지 못하고 헤어졌습니다. 하지만 정미가 다 손해를 본 것은 아닙니다. 정미는 모든 제도와 관습에서 자유로운 사람이 되어 있었습니다. 스스로의 감정에 충실했습니다. 제도화된 결혼 속에서 만들어진 인연은 희생을 묵시적으로 강요합니다. 정미는 아이들에게 엄마가 독립적인 사람으로서 너희와 함께 살고 생을 개척하고 싶다는 의사를 분명히 했고 어느 정도 자란 아이들은 엄마를 이해하기 시작했습니다. 가정의 틀을 깬 정미는 모든 의사를 분명하게 밝히는 사람이 되어 있었습니다. 명희가 묵시적 강요를 받아들이고 타협을 했다면 정미는 자발적으로 거부함으로써 자유롭게 치유되었습니다. 명희가 평화로운 가정 속에서 고독하다면 정미는 아직도 전투적으로 생을 살아갑니다. 난 명희와 정미가 다 행복했으면 합니다. 명희가 독립적인 개체로 성숙하기를 바라고 정미도 감정에 떠밀려 변화되는 결혼 제도를 어거지로 굴하게 자신의 삶 속에서 받아들이게 된 것이 아니기를 바랍니다.

사랑과 결혼, 사랑이라는 감정이 절대적이고 추호도 의심의 여지가 없었던 것은 결혼 제도가 가장 왕성하게 발전하던 시대를 살았기 때문입니다. 사회, 경제, 종교가 어우러져 그 시대의 문화를 만들어내지만 그 문화가 절대적으로 가치 있는 일은 아닙니다. 세계 각국의 결혼 문화 발달 과정을 보면 지금 자신이 서 있는 자리의 결혼 문화도 여러 개의 문화 중 하나이지 그게 절대적은 아닙니다. 결혼이 인류학적으로 사람을 우선시하고 사람에 대한 존엄을 가르쳐주는 첫 번째 조직으로서의 효과 때문이 아니라 자본을 발달시키기 위해 일정 부분 사람의 본성을 희생시키면서 결혼 문화를 발달시켜온 것입니다. 결혼을 유지해야만 생존이 가능했던 시대는 저물어갑니다. 남자와 여자의 역할 구분이 없어진 상태에서 결혼은 합법적 성관계를 유지함으로써 본능을 충족시키는 역할로 명맥을 유지해왔지만 시대의 도덕적 기준은 그러한 결혼 제도를 묶어두기에는 이제 너무 낡은 것입니다. 가족이라는 조직이 아직은 인류 사회에서 필요하지만 이런 저러한 제도는 그 필요 요건을 꼭 결혼과 가족이라는 틀이 있어야만 채울 수 있는 것이 아니라 개인으로서도 충족시킬 수 있도록 발전시키고 있습니다. 그럼에도 난 결혼이라는 제도가 꼭 필요하고 유지돼야 한다고 믿는 사람입니다. 다만 개인이 살아 있는 가족을 만들어야 합니다. 누군가의 희생이 그 가족을 유지하는 힘이 되어서는 안 된다는 생각을 합니다. 가족과 함께 살면서 자식에게 남편에게 그들이 잘되기를 바라며 잔소리를 늘어놓는 여자들은 다 집어치우기를 바랍니다. 희생은 한편으로 보면 히스테릭한 자신의 성격에서 나오는 것일 수도 있습니다. 그냥 자신의 삶만 열심히 살기를 바랍니다. 잔소리는 대부분 피해자 코스프레를 하는 심약한 자들의 자기 넋두리이기 쉬우니까요. 모두 이기적 각자도생이 아니라 상생을 위한 각자 도생을 했으면 좋겠습니다.

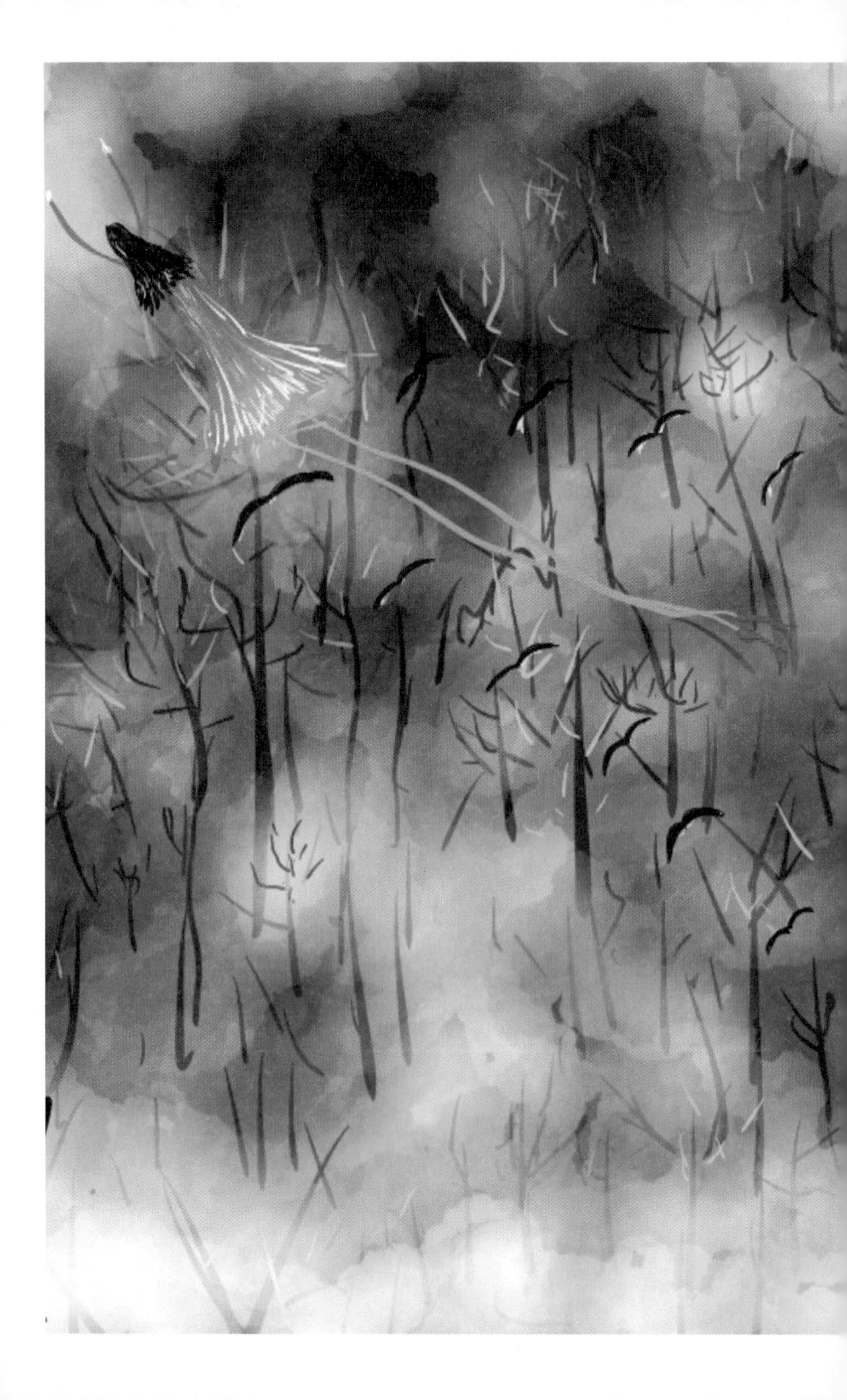

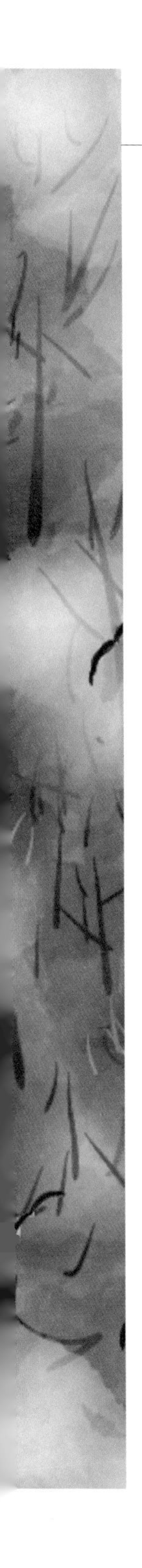

제4부

매사추세츠 한국 도서관

훗날 나의 꿈은 내 생의 어느 시기를 아프리카인들과 보내는 것입니다. 그때는 내가 80달러를 주고 산 젬배를 갖고 가서 한바탕 노래하고 춤추면서 보낼 생각입니다. 대서양 노예무역을 통해 리듬 전통은 근대의 블루스, 재즈, 레게, 로큰롤로 전해졌지만 난 젬베 하나 들고 아프리카의 아이들과 리듬만으로 그들과 함께하는 할머니가 되어볼 작정입니다. 그때는 나도 그들이 좋아하는 원색의 옷을 입든지 벌거벗든지 해야겠지요? 진한 꽃분홍 티셔츠와 녹색 반바지가 어떨까 합니다.

스물일곱 번째 이야기

매사추세츠 한국 도서관

내가 초등학교에 입학할 때 살던 수유리는 수유시장을 중심으로 상권이 발달했습니다. 재래시장은 지붕이 있는 곳보다 지붕이 없는 곳이 더 넓었습니다. 동화책이란 것이 거의 없는 때였습니다. 아이들에게 책이란 교과서가 다였습니다. 담임선생님은 한 가지 생각을 실천하기 시작하셨습니다. 돈을 조금씩 걷어서 동화책 한 권을 사서 1번부터 60번까지 돌려가며 읽는 것입니다. 부모님에게 부담되지 않을 만큼의 시기를 두고 돈을 조금씩 걷어서 계속 동화책을 샀습니다. 60권의 동화책이 교실 내에서 아이들에게 읽혀지고 있었던 것입니다. 학년이 다 끝나자 선생님은 책 한 권씩 아이들에게 나누어주셨습니다. 그 책이 내가 가진 첫 번째 책입니다. 제목이 『금나라, 은나라』였던 것 같습니다. 가난한 할아버지가 쥐들을 도와주어서 부자가 된다는 이야기였습니다. 지금의 수준으로 본다면 초등학교에서 읽기에는 너무 유치한 내용입니다. 책 제목을 보니 요즘 신종어인 금수저, 흙수저라는 말이 연상됩니다. 당시 그 동네는 모두 흙수저였습니다. 친척 중에 금수저 같은 또래 아이가 있었는데 부모님이 동화책을 전집으로 사서 책꽂이에 척척척 꽂아주었습니다. 하지만 그 집의 아이들은 책을 읽지 않았습니다. 난 그 책들을 빌려다 읽었습니다. 그중 『걸리버 여행기』라는 책을 좋아해서 돌려주고 싶지 않았습니다. '저 애는 읽지도 않는데 내가 한 권 가지면 뭐 어때' 이런 마음이 들어 아주 오랫동안 갖고 있다가 할 수 없이 돌려준 기억이 납니다. 열심히 살았으니 금수저는 아니더라도 은수저나 동수저는 되었어야 할 텐데 난 여전히 흙수저로 살고 있습니다. 이민 와서 책을 살 여력이 되지 않으니 친구나 선배, 동생들이 책을 사서 보내주었습니다. 그 책을 다 읽고 동네에 사는 사람들의 책도 빌려 읽었습니다. 취향과 수준을 불문하고 그냥 책이면 읽는 것입니다. 글을 쓰는 사람이 책이 없으니 환장할 것 같았습니다. 난 늘 어떻게 하면 이 책의 궁핍에서 벗어날 수 있을까 하고 연구했습니다. 그리고 이민 와서 사는 사람들 중 나 같은 사람들은 곳곳에 얼마나 많을 것인가, 아이들을 미국 땅에서 키우며 부모와 생각의 차이가 많아 대화가 안 되는 아이들을 이 세상에서 맥 놓고 놓쳐버리는 것이 책이 없기 때문인 것만 같았습니다. 난 이곳에 한국 도서관을 만들 생각을 하고 사람들에게 말을 건네보았지만 그다지 좋은 반응을 얻지 못했습니다. 그걸 어떻게 할 수 있느냐는 부정적인 말이 많았습니다. 난 되든, 안 되든 일을 일단 벌여놓고 보자고 생각했습니다. 우연치 않게 해외 동포에게 책을 보내주는 단체와 연결이 되었고 SNS를 이용하여 책을 모았습니다. 책 6,000권이 모였지만 이 책을 어떻게 운반해야 할지 또 막막했습니다. 난 한국의 운수업체에 편지를 보내기 시작했습니다. 현대해운의 조명현 대표님이 이 사업을 돕겠다는 연락을 주셨습니다. 현대해운은 우리 집 앞까지 6,000권의 책을 배달해주었습니다. 이번에는 책꽂이가 문제입니다. 난 공립도서관(public library)에 또 편지를 보내기 시작했습니다. 도서관에서 쓰지 않는 책꽂이를 기증해달라는 내용입니다. 또 기적처럼 애솔 도서관(Athol library)에서 관장이 직접 남편과 함께 책꽂이를 전부 싣고 우리 집으로 왔습니다. 이 기적 같은 일들이 6개월 만에 된 것입니다. 계획은 훨씬 전부터 세웠지만 한번 동력이 돌아가니 일사천리로 진행되었습니다. 이 일을 진행하면서 한국의 김재성(『문명과 지하공간』 저자), 김택규(중국문학 번역가) 이 두 사람은 나의 머리와 다리가 되어 움직여준 친구들입니다. 피를 나누지 않았지만 한 사람은 오빠로 한 사람은 동생으로 지내는 사람들입니다. 이유를 달지 않고 내가 하는 일이라면 물심양면으로 응원해주는 삶의 도반들입니다. 조명현 대표님은 내가 하고 있는 노력들을 결과로 나타내주는 사람이 되었습니다. 그러나 그 과정은 철저하게 기업가답습니다. 내가 그리는 그림을 현대해운 웹사이트 그림으로 활용하시면서 제게 수고비를 주셨습니다. 난 그 돈으로 밀린 보험료를 냈습니다.

지금 도서관은 매사추세츠의 단체들에게 책을 대여합니다. 단체들이 빌려가면 그 단체에 소속되어 있는 사람들이 빌려 읽는 것이지요. 이 사업을 진행하면서 가장 큰 수혜자는 나입니다. 난 어려운 일을 해결해야 할 때 어떤 마음가짐으로 해야 하는지 알게 되었습니다. 나를 준비시키고 그리고 두드리는 것입니다. 그리고 내가 받은 도움들을 다시 사회에 환원하는 일을 반복하는 것입니다. 사회가 건강해지는 데는 큰 거 없고 이런 일들이 도처에서 많이 일어나는 것입니다.

집 옆에 알 수 없는 공간을 만들어놓은 전 집주인을 흉봤습니다만 그곳이 도서관이 되었습니다. 책 냄새가 많이 나고 눈만 돌리면 책이 있습니다. 글을 쓰다가 막히는 부분이 있으면 도서관으로 달려갑니다. 책을 많이 읽지 않아도 책 제목만 보면 반은 읽은 듯 느껴지기도 합니다. 책을 읽고 싶다는 사람이 있으면 무거운 책을 낑낑거리며 배달합니다. 요즘은 한국어와 중국어 교실을 열었습니다. 처음에는 한류 문화의 영향으로 꽤 많은 학생이 왔었는데 우수수 떨어져나가는 군요. 돈을 내지 않고 배우는 것은 핑곗거리가 있으면 안 옵니다. 지금은 중국 학생 두 명과 일본 학생 한 명만 남았습니다. 난 이 학생들에게 말합니다. "너희들 중 단 한 명만이라도 남아 계속 배우기를 원한다면 난 가르친다. 내가 먼저 포기하는 일은 없다"라고 말이죠.

사람들은 왜 돈도 안 되는 일에 그리 매달리느냐고 말합니다. 난 내가 받은 것을 사회에 돌려주는 당연한 일을 할 뿐입니다.

스물여덟 번째 이야기

베트남 사람들과의 대립

내가 일하는 곳은 미국 매사추세츠의 주립대학 식당입니다. 모든 재산을 탈탈 털어 넣고 시작한 레스토랑은 미국의 경기 불황, 백인 우월주의 지역, 운영의 미숙함 등 몇 가지의 원인에 의해 8년간 어렵게 운영했으나 결국 문을 닫았습니다. 2014년 1월 25일 문을 닫고 1월 26일 주립대학의 식당으로 일을 나갔습니다. 나에게는 빚만 남았고 생존을 위한 전투가 시작되었습니다. 나에게 주어진 일은 'stir fry'라는 일입니다. 학생들이 열두 가지의 채소 중 먹고 싶은 것을 골라서 가져오면 두부와 닭고기 중 하나의 단백질을 선택할 수 있습니다. 거기에 밥과 라면 중 또 하나를 선택하여 함께 볶아주는 것입니다. 간단한 요리법이라서 누구나 할 수 있는 일이었지만 그리 간단한 것만은 아닙니다. 양념을 재료의 양에 맞춰서 넣는 것과 요리의 시간이 맛을 결정합니다. 평생을 음식에 몸담고 있었다 해도 과언이 아닌 삶을 살았으니 대충 척 보면 아는 것이지요. 한국 사람들의 요리법은 '적당히' 이것 하나만 있으면 되니까요. 서서히 줄을 서서 기다리는 아이들이 많아졌습니다. 일이 너무 너무 힘들어졌을 때 직원 세 명을 뽑아 내가 일하는 곳에 채워 넣어주었습니다. 일은 수월해졌는데 그때부터는 다른 힘든 일이 생겼습니다. 세 명의 직원이 모두 베트남 사람들입니다. 한 명은 나보다도 키가 작고 영어를 아주 조금 합니다. 두 명은 영어를 전혀 못하는 사람들입니다. 문제는 키 작은 베트남 사람이 이유도 없이 내 얼굴을 보지 않는 데서 시작되었습니다. 일하면서 발생할 수 있는 실수들을 몸짓 손짓을 하며 가르쳐주려 하면 먼 산을 노골적으로 보는 것입니다. 난 할 수 없이 그들이 저지른 실수들을 뒤치다꺼리하며 일하기로 마음먹을 수밖에 없었습니다.

왜 그랬냐구요?

난 베트남의 근대사와 우리나라의 근대사가 너무도 흡사한 것을 압니다. 19세기 말 프랑스가 무력으로 민족해방운동을 억압하던 것을 시작으로 호찌민이 1919년 파리 강화회의가 있던 베르사유 사무국에 베트남인과 프랑스인을 법적으로 동등하게 대우할 것을 요구했지만 받아들여지지 않자 소련의 코민테른에 합류하여 민족해방운동을 했습니다. 1862년 프랑스의 통상 교섭에 반대하는 전쟁을 하다 항복하고 식민지가 되었습니다. 이후 중일전쟁 시 일본군이 프랑스군을 몰아내고 점령했으나 일본이 1945년 8월 15일 항복함으로써 일본이 세운 베트남 제국은 무너지고 베트민은 8월 혁명으로 권력을 탈취했습니다. 베트남은 포츠담 회담에서 중국과 영국으로 갈릴 위기를 맞았습니다. 또한 프랑스도 다시 베트남을 정복해보려고 기웃거렸습니다. 정말 우리의 근대사와 너무 닮았습니다. 그다음의 역사 또한 판에 박은 듯 비슷합니다. 1955년 11월 1일부터 1975년 4월 30일까지 남북 베트남 사이의 내전이 있었습니다. 이 내전은 냉전 시대에 자본주의와 공산주의 진영이 대립한 대리전쟁이 되었습니다. 1964년 8월부터 1973년 3월까지 미국을 중심으로 대한민국, 오스트레일리아, 뉴질랜드, 필리핀, 태국, 중화민국이 남베트남을 위해 파병했습니다. 1965년에는 우리나라가 지상군을 파병했습니다. 8년이라는 긴 세월 젊은이들은 그 전쟁에서 목숨을 내놓고 싸웠습니다. 이러한 근대사는 국가적 정책으로 이루어진 일입니다. 전쟁은 국가와 투입된 군인들의 싸움으로 전세가 판가름납니다. 전쟁의 부작용은 상대를 죽여야만 내가 사는 극도의 공포 속에서 자행되는 민간인들을 향한 폭력으로 나타납니다. 국가는 인간이 언제 죽을지 모르는 극도의 공포와 합법화된 살인을 하는 과정에서 사람이 어떻게 변질되는지를 알고 있었습니다. 전쟁에 내보내며 민간인 피해를 줄이기 위한 교육을 하니까요. 그러나 죽음을 앞세운 폭력을 손에 쥔 군인들 전부가 이성적인 판단을 유지하는 군인이 될 수는 없습니다. 2000년 베트남전 민간인 학살 진실위원회가 대한민국 군인들이 민간인 70여 명을 죽인 사건을 세상 밖으로 끌어냈습니다. 또한 베트남 여성들을 잔인하게 유린한 일도 드러나, 우리나라의 위안부 할머니들이 세상을 향해 부르짖었듯이 베트남 할머니들이 세상을 향해 과거의 일을 낱낱이 밝혔습니다. 우린 역사적인 사건인 위안부 사건을 두고 일본을 향해 사과하라고 합니다. 2016년 정부는 아주 어설픈 조건으로 그 협상을 종결지으려고 합니다. 이 일은 국민들이 납득하지 못하는 일이어서 협상 조건 중 불가역적이라는 내용에도 불구하고 진행 중이니 어떻게 될는지 좀 지켜봐야 합니다. 베트남 민간인들을 향해 국가 차원의 사과는 반드시 필요합니다. 그것이 먼저 선행되지 않으면 어떻게 일본에게 정당한 사과를 요구할 수 있겠습니까. 국민이 납득할 수 없는 조건으로 일본과 합의한 것이 사과하지도 않고, 받지도 않겠다는 생각에서 비롯되었다면 이건 국민의 힘으로 유지되는 정권에서는 있을 수도 없는 일입니다.

나보다도 키 작은 남자, 척 보기에도 베트콩 같아 보이는 이 사람에게서 난 자꾸 역사를 읽게 되는 것입니다. 1995년 미국과의 국교가 정상화되면서 베트남 사람들이 미국으로 많이 건너옵니다. 역사가 복잡할수록 개인이 갖고 있는 사연은 아플 수밖에 없습니다. 이 사람이 왜 이유 없이 나에게 적대적이겠습니까? 그 작은 나라에서 자신의 언어를 유지하며 억지로 버틴 그 나라의 말을 살금살금 배웁니다. 코에 힘을 빡 주고 비음을 낼 수 있는 대로 다 내야 합니다.

"방코홰아콤(안녕하세요)."

"또이홰아(예, 전 잘 지내요)."

"나이마이야쁠라이(내일 다시 봐요)."

"캐믄(고마워요)."

좀 순한 베트남 남자에게 배운 말입니다. 좀 더 오래 같이 일을 하면 가랑비에 옷 젖는다고 내가 베트남에 갖고 있는 마음을 좀 알게 되겠지요. 나에게 눈을 맞추며 인사할지도 모릅니다. 그때 난 이 말을 하겠습니다.

"신로이(미안합니다)."

스물아홉 번째 이야기

선한 무슬림들

난 열네 살 때 동네의 감리교회에 다니게 되었습니다. 같은 학교에 다니는 친구의 전도로 교회에 갔는데 한번 발을 들여놓았더니 그 친구가 나를 매주 집 앞에서 부르는 바람에 어쩔 수 없이 교회에 들락날락하게 되었습니다. 난 인본주의적인 성향이 짙은 사람입니다. 기독교 학교에서 성경책 안 갖고 온다고 체벌하는 그 불합리함에 반기를 들기도 했습니다. 담임선생님과 동산 위의 팔각정 위에서 그 문제로 담판을 짓기도 했습니다. 세월의 흐름에 따라 하나님의 말씀은 나를 향한 하나님의 방법으로 내게 스며들었고 나의 반골 기질은 '이렇게라도 교회에 나가야 하는 진짜 이유가 뭐냐?' 하는 의문을 해결하려고 진지하게 접근하기 시작했습니다. 그러나 청춘이라는 불같은 복병은 나를 끌고 살짝 자기 파괴적 연애만 신나게 하게 했습니다. 종당에 만난 남편은 불교 신자여서 더더욱 교회에 나갈 생각을 하지 않았습니다. 삶이 어려워지고 지쳐 있을 때마다 하나님의 위로가 필요했지만 사실 사람의 위로가 필요한지 하나님의 위로가 필요한지 잘 분간되지 않았습니다. 우여곡절 끝에 난 다시 교회를 나가기 시작했습니다. 난 많은 사람들이 기독교인이 되는 과정을 자연스럽게 밟고 하나님을 알게 되었지만 정작으로 하나님과 나와의 관계에 대하여 깊이 생각하게 된 것은 마흔 중반에 들어서부터였습니다.

내가 다니는 직장에는 수많은 나라에서 이민 온 사람들이 많습니다. 유학생들을 위한 그것도 아시아 학생들을 위한 대학 식당이지요. 아주 건장한 파키스탄의 남학생과 이야기를 나누게 되었을 때 종교 이야기가 나왔고 그 학생은 이슬람이 자신의 종교라고 말했습니다. 말끝에 "나는 극단주의자는 아니다"라는 말을 붙입니다. 난 모든 종교의 시작은 선한 마음으로 이 세상을 살다 가는 것에 있다고 말했습니다. 그 학생과 난 꽤 친하게 되어 꼭 나에게 와서 점심밥을 달라고 합니다. 학생의 이름은 '하산'입니다. 기독교에서는 무슬림을 기독교로 전도해야 한다고 그 사명은 절대적이라고 말합니다. 그럴 때마다 난 속으로

'기독교인들이여, 그대들이나 먼저 잘 하시고 전도하시죠. 얼토당토않은 성경 해석 끌어다가 선량한 사람들 꼬셔서 등치지 말고……' 라고 중얼중얼거립니다. 나는 아주 큰 일이 아니면 교회에서 주일을 지키는 것을 삶을 지탱하는 기준으로 하고 있기는 합니다만 내가 하나님을 잘 믿는 사람이라고 말할 수는 없습니다. 아무도 그런 말을 자신 있게 할 수 없을 것입니다. 직원 중 새로 들어온 무슬림 직원이 있는데 히잡(Hijab)을 늘 쓰고 다닙니다. 히잡은 자신의 머리와 얼굴 주위를 두르는 것이니 괜찮은데 하루에 다섯 번이나 일하다 말고 라커룸에 내려와 신전 그림이 있는 보자기를 깔아놓고 절하고 중얼거리며 기도를 합니다. 하필이면 딱 그 시간이 내가 옷 갈아입는 시간이어서 아주 곤란합니다. 한번은 그 직원이 라커룸에서 얼쩡거리며 똥 마려운 강아지처럼 종종 걸음을 놓는 것입니다. 내가 옷 갈아입는 시간을 피해주려고 애쓰고 있음을 눈치채고 부지런히 옷을 갈아입고 나오며 말했습니다. "어서 기도해!" 나에게 미소를 짓고는 그대로 보자기의 신전 그림 앞에 엎드리는 그녀의 기도가 무엇이겠습니까. 부모나 형제 이웃을 위한 기도일 것입니다. 그녀의 신이 그 기도를 들어주었으면 좋겠다고 생각합니다. 그녀는 미국 생활을 오래 하면서 기도를 하는 장소에 대해 타협하게 되면서 보편적인 사람으로 변해갈 것입니다. 그때까지는 기다려줘야 합니다.

기독교 역사로 보면 아브라함에 대해 아들이며 이삭의 배다른 형이었던 이스마엘의 후손들이 번성한 지역인 아랍에 무슬림이 확장된 것입니다. 오랜 세월에 거쳐 이스라엘과 대립을 하다가 세계의 여러 국가들의 이권이 개입되었습니다. 모든 전쟁은 형제끼리의 싸움에 이웃들이 감 놔라 배 놔라 하다가 국가적인 싸움이 되는 것이 수순입니다. 우리도 그러한 전쟁을 경험했고 베트남 전쟁도 그러한 과정을 겪었습니다. 과격한 무슬림들은 극단주의자들이 되어 세계 평화를 위협하고 있습니다. 이제 국가가 외교 전쟁을 통해 이권을 챙기는 시대입니다. 예전처럼 쿵딱쿵딱 총 쏘고 폭탄 떨어뜨리는 일은 국지적인 지역에서 보여주기 위한 일환으로 이용될 뿐입니다. 이런 국지전에도 늘 비참하고 가슴 아픈 희생은 따라오지만 말입니다. 이 외교 전쟁은 서서히 한 국가를 고립시키게 됩니다. 고립된 국가의 과격 집단들은 애국과 정의라는 이름으로 폭력을 정당화시킵니다. 사실 이권 싸움이라고 대놓고 말하는 국가는 없습니다. 다 포장을 합니다. 가장 포장하기 좋은 명분이 종교와 민족이고 대의적인 인권과 정의입니다. 모든 전쟁은 그 명분을 갖고 뒤로는 이권을 챙깁니다. 종교적 사명으로 포장한 무슬림들의 과격 집단들과 대의적 명분으로 그들을 공격하는 기독교 국가들의 폭력 때문에 이슬람을 믿는 선한 종교인들은 어디에서고 눈치를 보게 된 것입니다. 국가가 부실하면 국민들은, 종교계가 부실하면 신도들은 참으로 가엾은 존재로 전락하게 됩니다. 무슬림의 과격 집단 때문에 무슬림 전체를 과격한 종교로 볼 수는 없습니다. 그들의 관습이 현대적 개념의 인권 측면에서 문제이기는 하지만 그것은 그들 내부에서 먼저 개혁되어야 할 그들의 문제입니다. 요즘 한국 사회에서 기독교인이라고 말할 때 나의 무슬림 친구처럼 나도 개독교와 구별된 사람임을 꼭 부연 설명해야 합니다. 기독교의 썩은 부위로 인해 기독교인들이 아닌 이들은 이미 전체 기독교인을 개독교 또는 예수환자라고 칭하고 있기 때문입니다. 하나가 전체의 이미지를 좌우할 때 구별할 수 있는 능력 정도는 갖추어야 하는데 그 정보도 왜곡되기 십상이니 그 지혜를 어디에서 구해야 할지요. 모쪼록 구별 잣대를 잘 갖게 되길 바랄 뿐이지요.

이러한 미묘한 갈등 하나가 전쟁을 유발하는 단초 역할을 합니다. 모든 종교에 문제가 있지만 내가 기독교인이니 기독교의 문제가 가장 크게 보입니다. 대형 교회들이 명분과 이권을 위해 다투는 것을 뉴스로 보는데 거기에 휘말려 앞뒤 가리지 않는 신도들의 모습은 이단자들의 모습과 하나도 다르지 않습니다. 하나님이고 뭐고 다 자신을 위해 존재합니다. 밥그릇 챙기기 위해 수단과 방법을 가리지 않고 정치와 꼴사나운 협잡을 하는 꼴도 다 보여줍니다. 하나님은 없고 자신의 자존심과 세상적인 가치를 머리에 이고 있는 목사, 장로들이 교회를 전복시키는 것을 너무도 많이 봤습니다. 개독교 소리 들어도 싸지요. 전도의 방향은 이제 밖에서 안으로 들어와야 합니다. 하나님을 아주 모르는 이들을 향한 전도는 국가적, 개인적 이권이 개입된 명분을 피해 아주 순전한 기독교인의 마음으로 가야 하고 그 길이 정말 맞는지 한 발 한 발 놓을 때마다 신중해야 합니다.

무슬림들의 대다수는 그들의 관습 속에서 선량하게 삽니다. 내가 만난 무슬림들이 그들이 믿는 신의 가르침대로만 살게 되길 바랍니다. 그 기도는 내가 믿는 하나님을 따르는 기독교인들에게도 해당되고 안으로 들어와보면 종국에는 내 문제가 되는 것 입니다.

내 직장의 무슬림들에게 하나님의 은혜가 있기를, 전쟁이 아닌 평화로 화합하는 세계가 되길 기도합니다. 내가 속한 교회가 예수님이 바라신 내면적 혁명의 길에 있기를 바랄 뿐입니다. 그 덕을 나도 좀 보고요.

기억이 풍기는 봄밤

서른 번째 이야기

내가 만난 미국의 힘

미국은 자국의 이권을 위해 부작용을 감수하면서 감행한 일들이 늘 비난을 받는 나라입니다만 그 뒷수습을 어떻게든 해보려고 하는 나라도 미국입니다. 자본과 법은 늘 동지로서의 포지션을 갖습니다. 법을 동반하지 않고 자본만으로 해결할 수 있는 일은 일반 서민적인 사회에서는 별로 없습니다. 이 부분이 한국과 조금 다릅니다. 자본주의의 모든 국가들이 다 이러한 국가시스템 속에서 앞서거니 뒤서거니 하다가 미국에서 시작된 세계 불황의 후폭풍을 만났습니다. 자본은 있는 자들이 파놓은 금융 저수지로 흘러들었고 그들은 아무 문제 없습니다. 모든 자본주의 국가의 상위 10%를 차지하고 있는 사람들은 경제를 쥐락

폐락할 뿐 생계의 위협 따위는 받지 않습니다. 2016년 한국은 청년 실업률이 12.5%로 최고에 달했고 부모 세대보다도 못한 소득의 감소를 맛봐야 하는 시대가 되었습니다. 미국도 마찬가지입니다. 호황기에는 대학에 가서 대학 등록금을 대출받는 것이 보편화되어 있었습니다. 취직해서 갚으면 되는 단순한 논리가 먹히던 시대였습니다. 한국의 대학 등록금이 비싸다고 하지만 미국에 비할 수 없습니다. 미국의 대학 등록금은 환율 계산을 해서 연간 6,000만 원 정도 합니다. 부모의 소득에 따라 좀 감해주기도 합니다만 학생들은 이 등록금을 대출받을 엄두를 이제는 내지 못합니다. 취직을 할 수 없기 때문입니다. 취직을 한다 해도 한국처럼 거반 비정규직으로 채용됩니다. 비정규직에서 정규직으로 가는 길은 험난합니다. 좀 나은 직장을 잡기 위해서 피 튀기는 전쟁을 친구들과 치러야 하는 것은 한국이나 미국이나 마찬가지입니다. 어제는 입시생인 딸과 대화를 하는데 이런 말을 합니다.

"사람들은 할 수 있는 만큼만 하고, 먹을 만큼만 가져가라고 해. 하지만 10대의 아이들은 그 한계가 어느 정도인지 가늠할 수 없어. 그래서 난 무조건 많이 확보한 후 능력의 한계를 가늠해보려고 하지. 안전하게 조금씩이라는 말은 청소년들에게 맞지 않는 말이야. 어른들이나 그렇게 하라고 해."

나름대로 학교 생활의 경험을 터득하고 하는 말일 것입니다만 경쟁에서 이기려는 아이의 마음이 읽혀져서 심장 주위가 싸하게 시려옵니다.

미국과 한국이 다른 점이 있다면 미국 사회제도를 보면 사람이 늘 우선이라는 마음을 불러일으키는 장치를 해놓는다는 것입니다. 그것을 부정적으로 볼 수도 있겠습니다. 감성적인 부분을 건드려 감동을 주고 개인의 희생을 요구하는 사회라고 말입니다. 그러나 긍정적으로 보면 자본주의의 부작용에 희생되는 사람을 구제하려는 노력이 되기도 하는 것입니다. 그것이 국민들에게 전반적으로 받아들여지던 사회였습니다. 미국 사회의 저소득층은 국가의 지원을 받습니다. 가장 억울한 사람들이 중산층이라고 말합니다. 중산층의 소득은 저소득층보다 많을지 모르나 삶의 질은 저소득층과 별반 다르지 않게 됩니다. 세금과 그 밖의 여러 가지 제도 속에서 지불해야 하는 것이 많아지기 때문입니다. 중산층은 돈을 벌면 다 정부에 빼앗기니 차라리 벌지 않고 혜택을 받는 저소득층에 머물겠다고 합니다. 그것을 막고자 정부는 소득이 적은 이들에게 주던 혜택의 자격 조건 검열을 강화하기 시작했습니다. 미국의 국민들이 국가에 대한 아무런 불평도 없이 정부 조직을 따르는 것은 이래도 저래도 살 만했기 때문입니다. 미국 대선 가도에서 트럼프가 폭풍 같은 바람을 일으키고 있습니다. 그의 말은 거짓 말투성이고 증오를 불러일으키는 선동적인 폭군이라는 평에도 불구하고 그의 지지율이 높은 이유가 어디에 있을까요? 기득권층이라고 생각하는 백인들의 저소득층과 중산층의 변함없는 삶에 대한 권태가 경제가 안 좋아지면서 폭발하고 있는 것입니다. 이민자들로 구성된 국가에서 이미 기득권을 갖고 있다고 생각하는 것 자체가 기본적으로 잘못된 것입니다만 먼저 깃발 꽂은 놈이 임자라는 생각에서 벗어나지 못하고 있는 듯합니다. 백인들이 삶의 변화를 갖지 못하자 일으키는 반란일 수도 있습니다. 내가 사는 백인우월주의가 팽배한 가난한 마을에서는 지난 선거에서 선거인 수의 88%가 트럼프를 지지했습니다. 힐러리가 다인종 국가임을 인정하고 그들을 위한 선거 캐치프레이즈를 내걸고 있고, 버니 샌더스가 소득의 분배를 위해 상위층을 겨냥한 발언을 하면 사람들이 열광하고 있습니다. 미국의 대선 가도는 그 어느 때보다 치열하다기보다 원색적이고 근원적인 문제에 봉착한 것입니다. 트럼프가 대통령이 되지는 않겠지만 트럼프가 몰고 온 폭풍은 미국 사회의 잠재적 불안 요소가 밖으로 드러났다는 데 있습니다. 자본의 꽃, 민주의 꽃 미국의 갈림길이 명확하게 보이면서도 내부의 속성이 트럼프라는 인물로 인해 적나라하게 까발려지고 있는 것 입니다.

미국이 그동안 세계를 향해 해온 일들과 앞으로 나아가야 할 길이 함께 명분을 만들어가려면 드러난 미국 주류 인종의 속성을 잘 판가름해야 할 것입니다. 우리 세대는 그렇다 치고 이제 사회로 진입하는 아이들이 이 틈바구니에서 잘 살아남아야 할 텐데요. 속으로 이런 마음을 품고 있는 사람들의 틈에서 난 지난 13년을 살았습니다. 흠칫하지만 난 이 사람들의 이성을 믿습니다.

내가 레스토랑을 운영할 때의 일입니다. 단골손님 중에 짐이라는 등이 굽은 할아버지 시인이 있었습니다. 이 할아버지는 내가 시를 쓰는 사람인 것을 알고는 내게 자신의 시집을 주기도 했습니다. 처음에는 제법 말끔한 옷차림새였는데 시간이 지날수록 조금씩 달라집니다. 노인들의 건강은 조석으로 다르다고 합니다. 짐이 레스토랑에 들어서면 악취가 나기 시작하는 것이었습니다. 급기야 짐이 들어오면 숨을 못 쉴 정도가 되었습니다. 난 다른 단골손님들과 의논을 했습니다.

"빌 그리고 브루스, 짐은 자신에게서 냄새가 난다는 것을 모르는 것 같아. 이야기를 해줘야 하는 것 아닐까?"

"아니야, 이야기하지 마. 그는 너의 손님이야. 어떤 경우에도 너의 손님이지. 그를 무안하게 하지 않는 것이 좋을 것 같아. 곧 어떤 방법이 나올 거야."

난 아무 말도 하지 못하고 웨이트리스가 짐이 왔다고 말하면 홀을 내다보며 손님들의 반응을 살피면서 안절부절못할 수밖에 없었습니다. 손님들은 홀이 넓으니 짐과 멀리 떨어져 있는 테이블로 옮길 법도 한데 옮기지 않고 아무렇지도 않게 식사를 마친 후 나갑니다. 한두 사람이 그러는 것이 아니고 홀 안의 모든 손님이 그런 반응을 보입니다. 어느 날 짐이 식사를 마치고 일어섰는데 자신이 앉아 있던 자리에 소변이 흥건하게 고여 있는 것을 자신의 눈으로 보고 말았습니다. 그 뒤로 짐은 오지 않습니다. 난 그 일로 미국인들의 다른 사람을 배려하는 지독한 인내심을 존경하게 되었습니다.

백인 보수주의 마을 사람들은 트럼프를 통해 대리 배설을 다 해냈으니 이제 제정신을 차리고 배려의 힘을 보여주던 이성의 사람들로 돌아섰을 것이라고 스스로 위로해봅니다. 내가 믿는 미국의 힘이란 자본과 군사력이 아니라 이렇게 상대를 배려하는 사람들이 많다는 것입니다. 어떤 경우에든 언제나 차보다는 사람을 먼저 보내고, 스쿨버스가 서 있으면 안전하다는 신호가 떨어질 때까지 차를 세우고 있어야 하고, 아이들은 보호자 없이 차에 혼자 둘 수 없고, 앰뷸런스가 지나가면 무조건 먼저 보내야 하고, 더운 날에는 강아지를 차 안에 둘 수 없다는 사소한 법들을 꽉 막혀 융통성 없는 사람들처럼 무조건 철저하게 지킵니다. 법 때문에 지키는 것이 아니라 사람에 대한 사랑 때문에 지키는 것이기를 진정으로 바랍니다. 백인 보수주의 마을에서 맞는 늦은 밤, 빗물 위로 지나가는 차 소리가 적막하게 내게로 걸어옵니다.

서른한 번째 이야기

중국 대륙에서 몰려오는 사람들

나에게는 중국인 친구들이 꽤나 많습니다. 중국의 인구가 세계 인구의 19% 정도를 차지합니다. 인도가 7년 뒤쯤에는 중국을 제치고 인구 1위로 부상할 거라는 기사를 접했습니다만 그건 그때 가봐야 알겠지요. 중국인들이 미국에 나온 이유는 한국과 거의 흡사합니다. 자녀 교육이 그 첫 번째입니다. 내가 일하는 곳은 아시아인을 위한 식당이지만 거의 중국인을 위한 식당이라고 생각해도 무방합니다. 중국말의 악센트 때문에 점심시간과 저녁시간은 거의 전쟁터처럼 꽐라꽐라 소리로 꽉 채워집니다. 한국에도 기러기 아빠가 많지만 중국에도 기러기 아빠가 꽤 있습니다. 중국 친구들과 이야기하다 보면 조금 다른 점을 발견할 수 있습니다. 그녀들은 남편이 중국에 남아 바람을 피우는 것을 거의 알고 있으면서도 참고 공부하는 아이들의 곁을 지킨다는 것입니다. 1970년대의 한국 정서와 비슷합니다. 내가 살던 가난한 동네의 부부 싸움은 늘 두 집 살림이 그 이유였습니다. 중국인들과 대화를 나누다 보면 흑백과 컬러의 현실을 동시에 느낍니다. 그들과 있으면 1970년대에서 1980년에 갖고 있었던 나의 정서가 툭툭 튀어나와 그들과 섞입니다. 학생들이 어른을 대하는 소박함도 아주 친근합니다. 중국에 사기가 많다느니 가짜가 많다느니 하는 말들도 많지만 인구 비율로 보면 그건 어느 곳에서나 있을 수 있는 일들 아닐까 합니다. 난 중국인들의 소박함에 호감이 가고 그들은 한류 열풍으로 나에게 친근함을 느끼며 가까워졌습니다. 친구들 중 타이완 친구 한 명은 타이완 말과 중국 말을 능숙하게 합니다. 26년간 미국에 살았으나 살림만 했고 영어는 하나도 하지 못합니다. 영어를 할 줄 모르나 이곳에 산 지 장장 26년입니다. 눈치가 12단은 됩니다. 영어를 못해도 적응하는 데는 별 문제 없었습니다. 늘 나와 붙어 있으며 일을 하니 가까워졌습니다. 중국 여자들의 수다를 다 물어다가 나에게 이야기합니다. 이야기할 때는 손짓, 발짓, 표정을 다 동원하여 말을 했지만 한계가 있었습니다. 난 '에라이, 내가 중국 말을 배워야겠다'고 다짐을 했습니다. 그때부터 중국 말을 배우기 시작했습니다. 난 생계를 몸으로 이어가는 사람이라 배움이라는 것은 늘 쪼가리 시간에 이루어집니다. 선생은 유튜브입니다. 유튜브에서 가르치는 것을 정지해놓고 쓰고 또 재생하고 또 쓰기를 반복하고 그것을 일하면서 실습하는 것입니다. 그 친구와 나는 영어, 중국어, 한국어를 마구 섞어서 말합니다. 아무도 못 알아 듣습니다.

그렇게 사이좋던 무리들도 시간이 지나면서 역사적으로 밴 습성이 서서히 드러나기 시작했습니다. 우리나라와 중국의 역사 속에서 사대주의, 대륙 기질 이런 역사적 배경이 개인들에게서도 나타났습니다. 타이완 사람과 한국 사람 그리고 중국인, 베트남인들과 섞이는 데는 역사적인 일이 세월이 흐르며 그 민족의 속성이 되어 개개인들에도 흐를 수밖에 없다는 것을 느낄 수 있었습니다. 미국 내의 중국인들은 어디서나 결집과 유대감을 개인의 감정 위에 올려놓습니다. 한국인들은 서로 협조하기보다는 누군가의 발전을 끌어내리려는 속성을 유감없이 발휘하곤 합니다. 내가 속한 조직도 그런 분위기가 있다는 것을 감지했지만 그런 가운데서도 살아남으려고 웃고 떠들며 그네들과 사이좋게 잘 지내야 합니다. 아주 작은 조직에서 일어나는 외교전이라 말할 수 있습니다. 그 옆으로는 아주 우월한 듯 으쓱대는 아메리칸 직원들이 진을 치고 있고요. 이 다이닝(dining)에서 내가 살아남는 방법은 끝없이 공부하는 길밖에는 없습니다. 그네들보다 영어를, 중국어를 더 배워서 소통의 길을 넓히는 것입니다. 중국인들은 서로 도와서 신분을 끌어올리지만 한국인들은 너무 적어서 그런 힘을 발휘할 수 없습니다. 스스로 길을 만들어야 합니다. 이래저래 중국인들의 격의 없는 정서와 그들만의 결집을 지켜내는 힘이 인구에서 오는 것이지만 그들이 갖고 있는 나름대로의 우월감이 부러울 뿐입니다. 한국인들의 자신만 잘나야겠다는 속성은 한국인의 결집을 아주 중요한 순간에 무너뜨려서 좀 비관적이긴 하지만 개인의 우수성은 정말 인정해야 합니다. 어디 가서든 어느 귀퉁이에서든 한국의 맥을 살리려는 사람들이 있는 것을 볼 수 있으니까요. 한국이 이 결집에 대한 한계를 극복한다면 그 힘은 가히 폭발적일 것입니다. 그것을 못해 늘 구석에서 개인이 고군분투하며 이민 사회에서 각자 살아내고 있는 것입니다.

서른두 번째 이야기

꿈의 대륙 아프리카

"나는 왜 아프리카를 꿈꾸는 사람이 되었을까? 나는 언제부터 아프리카에 내 마음을 열어놓기 시작했을까?"

이유 없이 난 아프리카에 고향의 느낌을 갖고 있습니다. 그게 언제부터인지 왜인지 알 수 없는 채로 아주 오랜 세월 그 마음을 품고 살았습니다. 사람, 동물, 산과 들 그리고 물, 음악 등등 아프리카의 모든 것들이 오래된 기억 속의 고향 같습니다. 언젠가는 아프리카에 가서 그 품에 안겨 천둥벌거숭이처럼 철없이 살고 싶다는 생각을 하기도 합니다. 아프리카의 검은 사람들을 봐도 아주 오래된 친구 같다는 생각을 그냥 자연스럽게 합니다. 이 산문집의 끝을 아프리카를 생각하며 설레는 마음으로 씁니다. 가장 넓은 나라 알제리에서 시작하여 가장 작은 나라 감비아 그리고 가장 멀리 떨어진 나라 세이셸 군도에 이르기까지 키가 큰 마사이족과 세계에서 가장 키가 작은 것으로 알려진 피그미족이 살아가는 땅. 원시적 분쟁 속에서 살아가며 인간의 본성이 가장 원래대로 남아 있는 지역이 아프리카가 아닌가 합니다. 인류가 처음 발생한 지역이라서 그럴까요, 내가 아프리카를 고향처럼 느끼는 것이? 동아프리카에서 발견된 초기 인류의 조상 호모 사피엔스와 이름도 이상한 사헬란트로푸스 차덴시스, 오스트랄로피테쿠스 아프리카누스 등등 여러 종의 인류가 발견된 인류 계열 발상지인 아프리카도 세계 열강에 의해 병탄되기 시작하면서 그 순수 혈통을 찾아보기 어렵게 되었습니다.

북부 온대와 남부 온대에 걸쳐져 있어서 기후 변화로 인해 사막 지역이 많아졌지만 아직은 다양한 동식물이 많이 남아 있는 순수의 땅입니다. 아프리카라는 대륙의 이름은 '먼지(afar)'라는 의미를 갖고 있기도 하고 '동굴에 사는 사람(ifri)'이라는 의미에 나라(ca)를 붙여 이루어진 것입니다. 또 이런 어원도 있습니다. '햇볕 쬐는(aprica)' '추위가 없는(aphrike)'에서 비롯되었다고도 합니다. 이러한 사소한 어원에서도 영혼의 소리가 들리는 듯합니다. 그러나 아프리카가 병탄되기 시작한 역사를 살펴보면서 얼마나 마음이 아프던지요. 그 어디나 유럽의 정복 전쟁과

냉전 시대의 국가적 욕망이 난무하던 그 시기 때문에 지구의 대륙 어디고 성한 곳이 없습니다. 아시아, 아메리카, 아프리카 모두 병탄하며 욕망을 채운 유럽인들은 그들로 인해 문명이 전해지고 발달되었다고 하겠지만 이렇게도 말할 수 있습니다. "발달 안 되면 어때서? 우리끼리 자연 속에서 살고 지고 하면 뭐가 어때서?" 라고 말해주고 싶습니다. 그러나 이제 문명은 유럽인들에 의해 주도되었고 그들의 프레임에 갇혀 돌아가고 있음을 부정할 수 없습니다. 남은 것은 세계 최고의 문맹 지역에서 벗어나 그들의 역사와 그들의 자연을 그들 스스로 회복하는 단계입니다. 풍부한 천연자원이 있음에도 식민 지배와 냉전으로 인해 아직도 빈곤을 벗어나지 못했으니 똑똑해져야지요. 똑똑해져서 그들끼리 아프리카를 회복해야 하는 것입니다.

아프리카의 음악은 주로 타악기로 역동적인 리듬을 만들고 온 몸을 움직이며 흥을 돋웁니다. 나는 젬베를 연주하는 사람입니다. 1년 전쯤 교회에서 악기 하나씩 배우자는 제안이 있었습니다. 그때 난 주저 없이 젬베를 하겠다고 했습니다. 이곳은 배울 곳도 없으니 리듬에 따라 그냥 원초적인 감각으로 치는 것입니다. 50대 아주머니의 감각으로는 제법 감각을 잘 따라가는 편이라고 자평합니다. 난 처음 악기를 고를 때 젬베가 서아프리카 악기인 줄도 몰랐습니다. 훗날 나의 꿈은 내 생의 어느 시기를 아프리카인들과 보내는 것입니다. 그때는 내가 80달러를 주고 산 젬배를 갖고 가서 한바탕 노래하고 춤추면서 보낼 생각입니다. 대서양 노예무역을 통해 리듬 전통은 근대의 블루스, 재즈, 레게, 로큰롤로 전해졌지만 난 젬베 하나 들고 아프리카의 아이들과 리듬만으로 그들과 함께하는 할머니가 되어볼 작정입니다. 그때는 나도 그들이 좋아하는 원색의 옷을 입든지 벌거벗든지 해야겠지요? 진한 꽃분홍 티셔츠와 녹색 반바지가 어떨까 합니다.

인류의 처음 발상지로 돌아가서 전쟁에 휩쓸려 희생된 아시아, 아메리카, 아프리카의 사람들을 기억하면서요. 참 멋진 계획이죠. 그때 많은 친구들이 같이 가면 참 좋겠습니다.

푸른사상 산문선 15

기억이 풍기는 봄밤